ANDREA CAMILLERI

Der Kavalier der späten Stunde

Romane aus der Serie um Commissario Montalbano

Die Form des Wassers
Der Hund aus Terracotta
Der Dieb der süßen Dinge
Die Stimme der Violine
Der Kavalier der späten Stunde
Das kalte Lächeln des Meeres
Die Passion des stillen Rächers
Die dunkle Wahrheit des Mondes
Die schwarze Seele des Sommers
Die Flügel der Sphinx
Die Spur des Fuchses
Das Ritual der Rache
Die Tage des Zweifels
Der Tanz der Möwe
Das Spiel des Poeten
Das Lächeln der Signorina
Das Labyrinth der Spiegel
Die Spur des Lichts
Eine Stimme in der Nacht
Das Nest der Schlangen
Das Bild der Pyramide
Das Karussell der Verwechslungen
Das Ende des Fadens
Die Botschaft der verborgenen Bilder

Erzählbände aus der Serie um Commissario Montalbano

Das Paradies der kleinen Sünder
Die Nacht des einsamen Träumers
Die Rache des schönen Geschlechts
Der falsche Liebreiz der Vergeltung
Der ehrliche Dieb

Weitere Titel

Der zweite Kuss des Judas
Neuigkeiten aus dem Paradies
Das Netz der großen Fische

Titel in der Regel auch als Hörbuch und E-Book erhältlich

Über den Autor

Andrea Camilleri (1925–2019) ist der erfolgreichste zeitgenössische Autor Italiens und begeistert mit seinem vielfach ausgezeichneten Werk ein Millionenpublikum. Ob er seine Leser mit seinem unwiderstehlichen Helden Salvo Montalbano in den Bann zieht, ihnen mit kulinarischen Köstlichkeiten den Mund wässrig macht oder ihnen unvergessliche Einblicke in die mediterrane Seele gewährt: Dem Charme der Welt Camilleris vermag sich niemand zu entziehen.

ANDREA
CAMILLERI

DER KAVALIER DER SPÄTEN STUNDE

EIN SIZILIEN-KRIMI

Aus dem Italienischen von
Christiane v. Bechtolsheim

lübbe

Dieser Titel ist auch als Hörbuch und E-Book erschienen.

Die Bastei Lübbe AG verfolgt eine nachhaltige Buchproduktion. Wir verwenden Papiere aus nachhaltiger Forstwirtschaft und verzichten darauf, Bücher einzeln in Folie zu verpacken. Wir stellen unsere Bücher in Deutschland und Europa (EU) her und arbeiten mit den Druckereien kontinuierlich an einer positiven Ökobilanz.

FSC www.fsc.org MIX Papier | Fördert gute Waldnutzung FSC® C014496

Vollständige Taschenbuchausgabe
der bei Bastei Lübbe erschienenen Hardcoverausgabe

Titel der italienischen Originalausgabe: »L'odore della notte«
Originalverlag: Sellerio editore, via Siracusa 50, Palermo

Für die deutschsprachige Ausgabe:

Satz: hanseatenSatz-bremen, Bremen
Gesetzt aus der DTL Documenta
Druck und Verarbeitung: GGP Media GmbH, Pößneck
Printed in Germany
ISBN 978-3-404-18992-2

2 4 5 3 1

Sie finden uns im Internet unter:
luebbe.de
Bitte beachten Sie auch: lesejury.de

Eins

Der Laden des weit geöffneten Fensters knallte mit solcher Wucht gegen die Hausmauer, dass es wie ein Pistolenschuss klang, und Montalbano, der just in diesem Augenblick träumte, er sei in eine Schießerei verwickelt, fuhr aus dem Schlaf hoch, verschwitzt und durchgefroren zugleich. Fluchend stand er auf und schloss das Fenster. Der eisige Nordwind blies so stark, dass er nicht wie sonst die morgendlichen Farben auffrischte; er trug sie mit sich fort, verwischte sie dabei und ließ nur den Entwurf von einem Fresko zurück oder vielmehr blasse Spuren wie bei einem Aquarell, das ein Dilettant beim Sonntagsausflug gemalt hat. Offensichtlich hatte der Sommer, der schon seit ein paar Tagen mit dem Tode kämpfte, in der Nacht beschlossen, sich endgültig geschlagen zu geben und der folgenden Jahreszeit Platz zu machen, die eigentlich der Herbst hätte sein müssen. Eigentlich, denn in Wirklichkeit war dieser Herbst, wie er sich ankündigte, schon Winter, und zwar tiefer Winter.

Montalbano kroch wieder ins Bett und trauerte den verschwundenen Übergangszeiten nach. Wo waren sie geblieben? Auch sie waren vom immer schnelleren Rhythmus des menschlichen Daseins überrollt worden und hatten sich angepasst: Sie hatten begriffen, dass sie eine Pause bedeuteten, und waren verschwunden, denn heutzutage darf es keine Pausen geben in diesem immer wahnsinnigeren Rennen, das von endlosen Aktivitäten bestimmt ist: auf die Welt kommen, essen, lernen, vögeln, produzieren, zappen, kaufen, verkaufen, kacken und sterben. Dieses ewige Tun, und dann ist doch alles in einer Nanosekunde, im Nu vorbei. Hatte es nicht eine Zeit gegeben, in der man sich auch mit etwas anderem beschäftigte? Mit Denken, Nachdenken, Zuhören und – warum nicht – Faulenzen, Dösen, Sich-Ablenken? Fast mit Tränen in den Augen erinnerte sich Montalbano an die Kleidung in der Übergangszeit und an den Staubmantel seines Vaters. Und dabei fiel ihm ein, dass er für die Fahrt ins Büro Winterklamotten anziehen musste. Er gab sich einen Ruck, stand auf und öffnete die Tür des Schranks, in dem die warmen Sachen hingen. Der Gestank von mindestens einem Zentner Mottenkugeln überfiel ihn ohne Vorwarnung. Zuerst blieb ihm die Luft weg, dann tränten seine Augen, und schließlich musste er niesen. Er nieste zwölfmal hintereinander, Rotz lief ihm aus der Nase, sein Kopf war betäubt, und der Brustkorb tat immer mehr weh. Er hatte vergessen, dass seine Haushälterin Adelina einen Privatkrieg gegen die Motten führte, in dem sie sämtliche Register zog und immer eine erbarmungslose Niederlage erlitt. Der Commissario verzichtete lieber. Er schloss den Schrank wieder und nahm einen dicken Pullover aus der Kommode. Auch hier hatte Adelina Giftgase eingesetzt, aber diesmal war Montalbano darauf gefasst und wappnete sich mit Luftanhalten. Er ging auf die Veranda und legte den Pullover auf den Tisch, damit sich der Gestank an der frischen Luft etwas verflüchtigen konnte. Nachdem er sich gewaschen, rasiert und angekleidet hatte, wollte Montalbano den Pullover von der Veranda holen, um ihn anzuziehen, aber er war nicht mehr da. Ausgerechnet der nagelneue Pullover, den Livia ihm aus London mitgebracht hatte! Wie sollte er ihr jetzt nur erklären, dass irgendein Scheißtyp, der vorbeigekommen war, der Versuchung nicht hatte widerstehen können und einfach hingelangt hatte? Er stellte sich wortwörtlich vor, wie das Gespräch zwischen ihm und seiner Freundin ablaufen würde.

»Na klar! Das war ja vorauszusehen!«

»Wie meinst du das?«

»Weil ich ihn dir geschenkt habe!«

»Was hat denn das damit zu tun?«

»Viel! Die Sachen, die ich dir schenke, sind dir völlig egal! Zum Beispiel das Hemd, das ich dir aus ...«

»Das habe ich noch.«

»Kein Wunder, du hast es ja auch nie angezogen! Und dann:

Der berühmte Commissario Montalbano lässt sich von einem kleinen Dieb beklauen! Schämen solltest du dich!«

In diesem Augenblick sah er den Pullover. Vom Nordwind fortgerissen, wirbelte er über den Sand, er wirbelte weiter und weiter und kam immer näher an die Stelle heran, wo der Sand bei jeder größeren Welle überflutet wird.

Montalbano sprang über das Geländer und rannte los, sodass ihm der Sand in Socken und Schuhe drang; er kam gerade noch rechtzeitig, packte den Pullover und entriss ihn einer wütenden Welle, die es anscheinend auf dieses Kleidungsstück besonders abgesehen hatte.

Halb blind vom Sand, den ihm der Wind in die Augen blies, ging er zurück und musste sich damit abfinden, dass aus dem Pullover eine unförmige, nasse Wollmasse geworden war. Kaum war er im Haus, klingelte das Telefon.

»*Ciao*, Liebling. Wie geht's? Ich wollte dir nur sagen, dass ich heute nicht zu Hause bin. Ich gehe mit einer Freundin an den Strand.«

»Musst du nicht ins Büro?«

»Bei uns ist Feiertag, der Tag des Stadtheiligen.«

»Ist das Wetter schön bei euch?«

»Herrlich.«

»Na dann, viel Spaß. Bis heute Abend.«

Das hatte gerade noch gefehlt, der Tag fing ja gut an. Er zitterte vor Kälte, und Livia lag genüsslich in der Sonne! Ein weiterer Beweis dafür, dass die Welt aus den Fugen gera-

ten war. Im Norden verging man jetzt vor Hitze, und im Süden machten sich Frost, Bären und Pinguine breit.
Als er gerade mit angehaltenem Atem erneut den Schrank öffnen wollte, klingelte das Telefon wieder. Er zögerte kurz, dann nahm er beim Gedanken an die Übelkeit, die ihm der Gestank der Mottenkugeln beschert hätte, den Hörer ab.
»*Pronto?*«
»Ah Dottori Dottori!«, keuchte Catarellas Stimme gequält. »Sind Sie das persönlich selber?«
»Nein.«
»Wer ist denn dran?«
»Arturo, der Zwillingsbruder des Commissario.«
Warum benahm er sich dem armen Kerl gegenüber so idiotisch? Wollte er etwa seine schlechte Laune an ihm auslassen?
»Echt?«, fragte Catarella bewundernd. »Entschuldigen Sie, Herr Zwilling Arturo, aber wenn der Dottori irgendwie im Haus ist, sagen Sie ihm dann, dass ich ihn sprechen muss?«
Montalbano ließ ein paar Sekunden verstreichen. Vielleicht konnte er die Geschichte, die ihm spontan eingefallen war, bei Gelegenheit noch brauchen. Er schrieb »mein Zwillingsbruder heißt Arturo« auf einen Zettel und meldete sich wieder.
»Ja, was gibt's?«
»Ah Dottori Dottori! Da geht's drunter und drüber! Wissen Sie, wo dem Ragionieri Gragano sein Büro war?«

»Meinst du Gargano, diesen Buchhalter?«
»Ja. Warum, was hab ich denn gesagt? Gragano hab ich gesagt.«
»Schon gut, ich weiß, wo das ist. Und?«
»Weil da ist einer rein, der ist bewaffnet. Fazio hat's zufällig gesehen, weil er zufällig da vorbeigegangen ist. Ich glaub, der will die Sekretärin erschießen. Er sagt, dass er das Geld zurückhaben will, was Gragano ihm geklaut hat, sonst bringt er die Frau um.«
Montalbano warf den Pullover auf den Boden, kickte ihn unter den Tisch, öffnete die Haustür. Bis der Commissario im Auto saß, hatte ihm der Nordwind fast die Besinnung geraubt.

Der Buchhalter Emanuele Gargano, vierzig Jahre alt, groß, elegant, gut aussehend wie der Held in einem amerikanischen Film und stets im richtigen Maß sonnengebräunt, litt an jener Sorte beruflicher Kurzlebigkeit, die man von aufstrebenden Managern kennt, kurzlebig insofern, als sie mit fünfzig schon so verschlissen sind, dass sie abgewickelt gehören, nur um eines ihrer Lieblingswörter zu benutzen. Ragioniere Gargano war, nach eigenen Worten, in Sizilien geboren, hatte aber lange in Mailand gearbeitet, wo er bald und ebenfalls nach eigenen Worten als eine Art Magier der Finanzspekulation galt. Als er dann fand, er habe sich den erforderlichen Ruf erworben, beschloss er, sich in

Bologna selbständig zu machen, wo er – wir sind immer noch bei seinen eigenen Worten – Dutzende und Aberdutzende von Anlegern glücklich machte. Vor gut zwei Jahren war er in Vigàta aufgetaucht, um, wie er sagte, »das ökonomische Erwachen dieser unserer geliebten und leidgeprüften Insel« in die Wege zu leiten, und hatte innerhalb weniger Tage in vier Städten der Provinz Montelusa Agenturen eröffnet. Er war gewiss nicht auf den Mund gefallen und auch ausgesprochen begabt, mit seinem vertrauenerweckenden breiten Lächeln jeden zu überzeugen, der ihm über den Weg lief. Eine Woche brachte er damit zu, in einem auf Hochglanz polierten Luxusschlitten, einer Art Köder, von Dorf zu Dorf zu brausen; danach hatte er an die hundert Kunden gewonnen – Durchschnittsalter gute sechzig –, die ihm ihre Ersparnisse anvertrauten. Nach Ablauf von sechs Monaten wurden die Pensionäre einbestellt und erhielten, wobei sie fast der Schlag traf, zwanzig Prozent Rendite. Dann lud der Ragioniere alle Kunden aus der Provinz nach Vigàta zu einem großen Mittagessen, an dessen Ende er durchblicken ließ, dass die Rendite im folgenden Halbjahr vielleicht noch höher sein werde, wenn auch nicht viel. Das sprach sich herum, und die Leute standen Schlange vor den Schaltern der örtlichen Agenturen und flehten Gargano an, er möge ihr Geld an sich nehmen. Der Ragioniere willigte großherzig ein. Bei dieser zweiten Gruppe gesellten sich zu den Alten auch junge Leute, die scharf darauf waren, möglichst schnell Geld zu machen. Am Ende des zweiten Halbjahres kletterte die Rendite der ersten Kunden auf dreiundzwanzig Prozent. Die Geschichte bekam zusehends Rückenwind, doch am Ende des vierten Halbjahres erschien Emanuele Gargano nicht mehr. Die Angestellten der Agenturen und die Kunden warteten zwei Tage und beschlossen dann, in Bologna anzurufen; dort sollte sich die Generaldirektion der »König Midas« befinden, wie die Vermögensberatung des Ragioniere hieß. Am Telefon meldete sich niemand. Man forschte rasch nach und stellte fest, dass die gemieteten Geschäftsräume der »König Midas« dem rechtmäßigen Eigentümer zurückgegeben worden waren, und der wiederum war wütend, weil er schon monatelang keine Miete bekommen hatte. Nach einer Woche vergeblicher Suche, ohne dass in Vigàta und Umgebung auch nur der Schatten des Ragioniere gesichtet worden wäre, und nach zahlreichen turbulenten Übergriffen auf die Agenturen durch jene, die ihr Geld verloren hatten, entwickelten sich zwei Theorien über das mysteriöse Verschwinden des Buchhalters.

Die erste behauptete, Emanuele Gargano sei unter falschem Namen auf eine Südseeinsel gezogen, wo er sich mit halb nackten Schönheiten auf Kosten derer amüsiere, die ihm gutgläubig ihre Ersparnisse anvertraut hätten.

Die zweite Theorie besagte, Gargano habe sich unvorsichtigerweise das Geld irgendeines Mafioso unter den Nagel

gerissen und produziere jetzt ein paar Meter unter der Erde Kompost oder diene als Fischfutter.
In ganz Montelusa und Provinz gab es nur eine Frau, die anderer Auffassung war. Eine einzige, und die hieß Mariastella Cosentino.
Mariastella, fünfzig Jahre alt, untersetzt und ohne Grazie, hatte sich bei der Agentur in Vigàta beworben und die Stelle nach einer ebenso kurzen wie intensiven Unterredung mit dem Ragioniere persönlich auch bekommen. So sagte man. Die Unterredung war kurz gewesen, aber für die Frau lang genug, um sich unsterblich in den Chef zu verlieben. Für Mariastella, die nach ihrer Buchhalterprüfung viele Jahre im Haushalt geholfen hatte, erst bei Vater und Mutter und dann bis zu seinem Tod bei dem immer anspruchsvolleren Vater, war dies zwar die zweite Stelle, aber bestimmt die erste Liebe. Mariastella war nämlich von Geburt an einem entfernten Cousin versprochen gewesen, den sie nur auf einer Fotografie gesehen und nie persönlich kennen gelernt hatte, weil er als Junge an einer unbekannten Krankheit gestorben war. Aber jetzt lagen die Dinge anders, denn diesmal sah Mariastella ihren Angebeteten mehrmals gesund und munter und eines Morgens aus so großer Nähe, dass sie sogar sein Rasierwasser riechen konnte. Da tat sie etwas sehr Verwegenes, was sie sich nie und nimmer zugetraut hätte: Sie fuhr mit dem Bus nach Fiacca zu einer Verwandten, die eine Parfümerie

hatte, und fand, nacheinander an allen Fläschchen schnuppernd, bis sie Kopfschmerzen bekam, das Rasierwasser wieder, das ihr Schatz benutzte. Sie kaufte ein Fläschchen und bewahrte es in der Schublade ihres Nachtkästchens auf. Wenn sie nachts aufwachte, allein in ihrem Bett, allein in dem großen, menschenleeren Haus, und Traurigkeit sie beschlich, dann öffnete sie das Fläschchen, sog den Duft ein, flüsterte *»Bonanotti, amuri mè*, gute Nacht, Liebster«, und konnte dann wieder einschlafen.

Mariastella war überzeugt, dass Ragioniere Emanuele Gargano nicht mit den Geldeinlagen untergetaucht und erst recht nicht wegen irgendeiner nicht eingehaltenen Vereinbarung von der Mafia ermordet worden war. Bei der Befragung durch Mimì Augello (Montalbano hatte sich auf diesen Fall gar nicht einlassen wollen, weil er fand, er habe keinen blassen Schimmer von Geldangelegenheiten) hatte Signorina Cosentino ausgesagt, der Ragioniere leide ihres Erachtens unter einer momentanen Amnesie und werde früher oder später wieder auftauchen und dann die bösen Zungen zum Schweigen bringen. Sie hatte mit solch glühender Inbrunst gesprochen, dass Augello beinahe selbst daran glaubte.

In ihrem unerschütterlichen Glauben an die Ehrlichkeit des Ragioniere öffnete Mariastella jeden Morgen das Büro und wartete auf die Rückkehr ihres Liebsten. Alle in der Stadt lachten über sie. All jene, versteht sich, die mit dem Ragioniere nichts zu tun gehabt hatten, denn wer sein Geld verloren hatte, dem war das Lachen vergangen. Tags zuvor hatte Montalbano von Gallo erfahren, dass Signorina Cosentino auf der Bank gewesen war, um aus eigener Tasche die Miete fürs Büro zu zahlen. Warum also war der Kerl, der sie jetzt mit dem Revolver bedrohte, so sauer auf die Ärmste, obwohl sie mit der ganzen Geschichte gar nichts zu tun hatte? Und warum war der Gläubiger so spät auf diese tolle Idee gekommen – dreißig Tage nach dem Verschwinden, als alle anderen Opfer des Ragioniere Gargano sich mit ihrem Schicksal bereits abgefunden hatten? Montalbano, Anhänger der ersten Theorie, derzufolge der Ragioniere die Leute übers Ohr gehauen und sich dann abgesetzt hatte, empfand Mitleid mit Mariastella Cosentino. Jedes Mal, wenn er zufällig an der Agentur vorbeiging und sie aufrecht hinter der Trennscheibe am Schalter sitzen sah, bekam er Herzbeklemmungen, die er den ganzen Tag nicht mehr loswurde.

Vor dem Büro der »König Midas« waren an die dreißig Personen, die aufgeregt redeten, wild gestikulierten und von drei Polizisten auf Distanz gehalten wurden. Man erkannte den Commissario und umringte ihn.
»*È veru che c'è unu armatu*, ist da drin wirklich einer mit einer Waffe?«
»*Cu è, cu è*, wer denn?«
Laut rufend bahnte Montalbano sich mit Ellenbogen einen

Weg und erreichte schließlich die Schwelle der Eingangstür. Hier blieb er, ziemlich erstaunt, stehen. Drinnen waren, er erkannte sie von hinten, Mimì Augello, Fazio und Galluzzo, und es sah aus, als tanzten sie ein seltsames Ballett: Mal neigten sie den Oberkörper nach rechts, mal neigten sie ihn nach links, mal machten sie einen Schritt nach vorn, mal einen nach hinten. Geräuschlos öffnete er die gläserne Innentür und besah sich die Szene genauer. Das Büro bestand aus einem einzigen großen Raum, zweigeteilt durch einen Tresen aus Holz, auf dem sich eine breite Glasscheibe mit dem Schalter befand. Jenseits der Trennwand standen vier unbesetzte Schreibtische. Mariastella Cosentino saß an ihrem gewohnten Platz hinter dem Schalter, sehr blass, aber gefasst und aufrecht. Die beiden Zonen des Büros waren durch eine schmale Holztür in der Trennwand miteinander verbunden.

Der Angreifer oder was er auch war, Montalbano wusste nicht, wie er ihn bezeichnen sollte, stand genau in dieser Tür, damit er die Sekretärin und die drei von der Polizei gleichzeitig im Visier hatte. Es war ein achtzigjähriger Mann, den der Commissario gleich erkannte, ein Vermessungsingenieur, der geachtete Geometra Salvatore Garzullo. Teils wegen der nervlichen Belastung, teils aufgrund des ziemlich weit fortgeschrittenen Parkinson zitterte der Revolver, der ganz offensichtlich aus den Zeiten Buffalo Bills und der Sioux stammte, heftig in der Hand des Geometra; deshalb wichen, wenn Garzullo auf einen der Polizisten zielte, alle aus, weil sie nicht wussten, wohin ein eventueller Schuss gehen würde.

»Ich will das Geld zurück, das mir dieser Dreckskerl gestohlen hat. Sonst erschieß ich die Sekretärin!«

Seit über einer Stunde schrie der Geometra den gleichen Satz, kein Wort mehr, kein Wort weniger, immer den gleichen Satz, und jetzt war er erschöpft und heiser, und seine Stimme klang, als ob er gurgelte.

Entschlossen trat Montalbano drei Schritte vor, ging an seinen Leuten vorbei und streckte, von einem Ohr zum anderen grinsend, dem Alten die Hand hin.

»Mein lieber Geometra! Das freut mich aber! Wie geht es Ihnen?«

»Ganz gut, danke«, sagte der Geometra verdutzt.

Aber er fing sich gleich wieder, als er sah, dass Montalbano noch einen Schritt auf ihn zugehen wollte.

»Bleiben Sie stehen, oder ich schieße!«

»Commissario, um Himmels willen, setzen Sie Ihr Leben nicht aufs Spiel«, schaltete Signorina Cosentino sich mit fester Stimme ein. »Wenn sich hier jemand für Ragioniere Gargano opfern muss, dann ich, ich bin bereit!«

Anstatt über den melodramatischen Einsatz zu lachen, fühlte Montalbano, wie ihn die Wut packte. Hätte er den Ragioniere in diesem Augenblick vor sich gehabt, er hätte ihm die Visage zermatscht.

»Das ist doch dummes Zeug! Hier opfert sich überhaupt niemand!«

Er wandte sich an den Geometra und begann mit seiner Improvisation.

»Sagen Sie, Signor Garzullo, wo waren Sie denn gestern Abend?«

»Das geht Sie einen Scheißdreck an«, gab der Alte kämpferisch zurück.

»Antworten Sie, in Ihrem eigenen Interesse.«

Der Geometra kniff die Lippen zusammen, dann rang er sich schließlich durch und machte den Mund auf.

»Ich war gerade wieder zu Hause. Ich war vier Monate im Krankenhaus in Palermo, dort hab ich erfahren, dass der Ragioniere mit meinem Geld abgehauen ist, mit allem, was ich hatte, nachdem ich ein Leben lang gearbeitet habe!«

»Sie haben gestern spät abends also nicht ferngesehen?«

»Ich hatte keine Lust, mich mit Schwachsinn zulabern zu lassen.«

»Deswegen wissen Sie also nichts!«, rief Montalbano triumphierend.

»Was sollte ich denn wissen?«, fragte Garzullo verwirrt.

»Dass Ragioniere Gargano festgenommen wurde.«

Aus dem Augenwinkel beobachtete der Commissario Mariastella. Er erwartete einen Aufschrei, irgendeine Reaktion, aber die Frau rührte sich nicht und wirkte eher verwirrt als überzeugt.

»*Daveru?* Wirklich?«, fragte der Geometra.

»Mein Ehrenwort«, sagte Montalbano, der große Schauspieler. »Er wurde festgenommen, und zwölf dicke Koffer wurden beschlagnahmt, randvoll mit Geld. In Montelusa wird noch heute Vormittag in der Präfektur mit der Rückgabe an die rechtmäßigen Besitzer begonnen. Haben Sie eine Empfangsbestätigung über das, was Sie Gargano gegeben haben?«

»Natürlich!«, antwortete der Alte und schlug sich mit der freien Hand auf die Jackett-Tasche, wo man den Geldbeutel hat.

»Dann ist ja alles klar, alles wieder in Ordnung«, sagte Montalbano.

Er trat zu dem Alten, nahm ihm die Waffe aus der Hand und legte sie auf den Tresen.

»Kann ich auch morgen in die Präfektur gehen?«, fragte Garzullo. »Ich fühl mich schlecht.«

Er wäre umgekippt, wenn der Commissario ihn nicht aufgefangen hätte.

»Fazio und Galluzzo, schnell, bringt ihn ins Krankenhaus.«

Die beiden stützten den alten Mann. Als er an Montalbano vorbeiging, brachte er ein »*Grazii di tuttu*« heraus, danke für alles.

»Aber wofür denn«, sagte Montalbano und fühlte sich hundsmiserabel.

Zwei

Inzwischen war Mimì Signorina Mariastella, die zwar noch immer saß, aber wie ein Baum im Wind schwankte, zu Hilfe geeilt.

»Soll ich Ihnen etwas aus der Bar holen?«

»Ein Glas Wasser, danke.«

In diesem Augenblick hörten sie draußen einen Beifallssturm und lautes Geschrei: »Bravo! Es lebe Geometra Garzullo!« Anscheinend gab es in der Menge viele Leute, die von Gargano betrogen worden waren.

»Was haben die nur alle gegen ihn?«, fragte die Frau, als Mimì hinausging.

Sie rang in einem fort die Hände und war mittlerweile nicht mehr blass, sondern rot wie eine Tomate.

»Na ja, irgendeinen Grund werden sie schon haben«, antwortete der Commissario diplomatisch. »Sie wissen doch genauso gut wie ich, dass der Ragioniere verschwunden ist.«

»Ja schon, aber warum muss man gleich an etwas Böses denken? Er kann doch sein Gedächtnis verloren haben, bei einem Autounfall oder einem Sturz oder so... Ich habe mir erlaubt, bei...«

Sie unterbrach sich und schüttelte betrübt den Kopf.

»Ach nichts«, sagte sie, einen Gedanken fallen lassend.

»Was haben Sie sich erlaubt?«

»Sehen Sie fern?«

»Manchmal. Wieso?«

»Ich hatte von einer Sendung mit dem Titel ›Bitte melde dich!‹ gehört, in der es um Vermisste geht. Ich ließ mir die Telefonnummer geben und...«

»Ich verstehe. Was hat man Ihnen geantwortet?«

»Dass sie nichts tun könnten, weil ich nicht in der Lage sei, die notwendigen Angaben zu liefern, Alter, Ort des Verschwindens, Foto, all so was.«

Schweigen trat ein. Mariastellas Hände waren inzwischen ein einziger unentwirrbarer Knoten. Montalbanos vor sich hin dösender verflixter Bulleninstinkt wurde, weiß der Himmel, warum, plötzlich für einen Moment wach.

»Signorina, Sie müssen schon auch die Geschichte mit dem Geld bedenken, das mit dem Ragioniere verschwunden ist. Es geht um viele Milliarden, wussten Sie das?«

»Ich weiß.«

»Haben Sie denn irgendeine Ahnung, wo...?«

»Ich weiß nur, dass er das Geld investierte. In was und wo, weiß ich nicht.«

»Und hat er mit Ihnen...?«

Mariastella schoss die Röte ins Gesicht.

»Was... was meinen Sie?«

»Hat er nach seinem Verschwinden auf irgendeine Weise Kontakt mit Ihnen aufgenommen?«

»Hätte er das getan, dann hätte ich es Dottor Augello berichtet. Er hat mich befragt. Ich kann Ihnen nur wiederholen, was ich Ihrem Vice schon gesagt habe: Emanuele Gargano ist ein Mann, der nur ein Ziel im Leben hat: andere glücklich zu machen.«

»Das glaube ich gern«, sagte Montalbano.

Und meinte es auch so. Denn er war überzeugt, dass Ragioniere Gargano auf irgendeiner einsamen Insel Polynesiens Edelnutten, Barkeeper, Geschäftsführer von Casinos und Verkäufer von Luxusautos permanent glücklich machte.

Mimì Augello kam mit einer Flasche Mineralwasser und ein paar Pappbechern zurück, sein Handy hatte er ans Ohr geklemmt.

»*Sissignore, sissignore,* Augenblick bitte.«

Er gab das Ding dem Commissario.

»Für dich. Der Polizeipräsident.«

Bih, che camurrìa, der nervte vielleicht! Man konnte nicht behaupten, dass die Beziehung zwischen Montalbano und Questore Bonetti-Alderighi von gegenseitiger Achtung und Sympathie getragen war.

Ein Anruf des Polizeipräsidenten bedeutete, dass es irgendeine unangenehme Angelegenheit zu besprechen gab. Und dazu hatte Montalbano im Augenblick keine Lust.

»Ja bitte, Signor Questore?«

»Kommen Sie sofort!«

»Spätestens in einem Stündchen bin ich …«

»Montalbano, Sie sind Sizilianer, aber wenigstens in der Schule werden Sie doch wohl Italienisch gelernt haben. Kennen Sie die Bedeutung des Adverbs ›*immediatamente*, sofort‹?«

»Warten Sie kurz, ich hab's gleich. Ach ja. Es bedeutet ›ohne räumlichen und zeitlichen Verzug‹. *C'inzertai*, stimmt's, Signor Questore?«

»Sehr witzig. In exakt einer Viertelstunde sind Sie hier in Montelusa.«

Der Questore legte auf.

»Mimì, ich muss gleich zum Questore. Nimm den Revolver des Geometra und bring ihn ins Kommissariat. Signorina Cosentino, ich will Ihnen einen Rat geben: Schließen Sie jetzt gleich das Büro, und gehen Sie nach Hause.«

»Warum?«

»Nun, bald wird die ganze Stadt über Signor Garzullos Anwandlungen Bescheid wissen. Und es ist nicht auszuschließen, dass es ihm irgendein Schwachkopf nachtun will, und dann haben wir es womöglich mit jemand zu tun, der jünger und gefährlicher ist.«

»Nein«, sagte Mariastella entschieden. »Ich verlasse diesen Platz nicht. Und gesetzt den Fall, dass der Ragioniere zurückkommt und niemand vorfindet?«

»Das wäre ein herber Schlag!«, sagte Montalbano finster. »Und noch was: Haben Sie vor, Anzeige gegen Signor Garzullo zu erstatten?«

»Keinesfalls.«

»Besser so.«

Auf der Straße nach Montelusa war viel Verkehr, folglich wurde Montalbanos schlechte Laune noch schlechter. Außerdem litt er, denn von dem ganzen Sand juckte es ihn zwischen Socken und Haut, zwischen Hemdkragen und Hals. Etwa hundert Meter weiter, auf der linken Seite und damit in entgegengesetzter Richtung, lag »Il Ristoro del Camionista«, wo es einen erstklassigen Espresso gab. Fast auf Höhe des Lokals angekommen, blendete er auf und bog ab. Ein Riesenspektakel brach los, es wurde gebremst, gehupt, geschrien, geschimpft, geflucht. Wie durch ein Wunder gelangte er heil auf den Platz vor dem Lokal, er stieg aus und trat ein. Als Erstes sah er zwei Personen, die er sofort erkannte, obwohl sie praktisch mit dem Rücken zu ihm standen. Es waren Fazio und Galluzzo, die jeder ein Gläschen Cognac tranken, zumindest sah es so aus. So früh am Morgen Cognac? Er stellte sich zwischen die beiden und bestellte bei dem Barmann einen Espresso.

Als sie seine Stimme hörten, wandten sich Fazio und Galluzzo überrascht zu ihm hin.

»Prost«, sagte Montalbano.

»Äh ... wir wollten nur ...«, fing Galluzzo an, sich zu rechtfertigen.

»Wir waren ganz schön fertig«, sagte Fazio.

»Wir haben eine Stärkung gebraucht«, setzte Galluzzo noch hinzu.

»Fertig? Wieso das?«

»Der arme Geometra Garzullo ist tot. Er hatte einen Herzinfarkt«, sagte Fazio. »Als wir am Krankenhaus ankamen, war er bewusstlos. Wir haben die Sanitäter geholt, und sie haben ihn gleich reingebracht. Wir haben noch das Auto abgestellt, dann sind wir reingegangen, und da haben sie uns gesagt, dass ...«

»Das war schlimm für uns«, sagte Galluzzo.

»Das ist allerdings schlimm«, sagte Montalbano dazu. »Wisst ihr was, seht mal nach, ob er Verwandte hatte, und wenn nicht, dann findet ihr vielleicht irgendeinen guten Freund. Gebt mir Bescheid, wenn ich aus Montelusa zurück bin.«

Fazio und Galluzzo verabschiedeten sich und gingen hinaus. Montalbano trank in aller Ruhe seinen Espresso, dann fiel ihm ein, dass der »Ristoro« auch für seinen *tumazzo caprino* bekannt war; man wusste zwar nicht, wer diesen Ziegenkäse herstellte, aber er war eine Delikatesse. Es gelüstete ihn spontan danach, und so stellte er sich an jenen Abschnitt der Theke, wo außer *tumazzo* auch Salami, *capocotte* und *sosizze* auslagen. Der Commissario war versucht, einen Großeinkauf zu machen, aber er riss sich zusammen und erstand nur einen kleinen Laib Ziegenkäse. Als er von dem Platz vor dem Lokal wieder in die Straße einbiegen wollte, stellte er fest, dass dies kein leichtes Unterfangen war, die Schlange der Lastwagen und Autos war dicht und bot keinen Durchschlupf. Nach fünf Minuten Warten erwischte er eine Lücke und reihte sich ein. Während der Fahrt hatte er ständig einen embryonalen Gedanken, der einfach keine Gestalt annahm, und das ärgerte ihn. So kam es, dass er sich unversehens in Vigàta wiederfand.

Und nun? Sollte er sich noch mal auf den Weg nach Montelusa machen und verspätet in der Questura erscheinen? Jetzt war sowieso schon alles egal, da konnte er auch nach Marinella heimfahren, sich duschen und in Schale werfen und sich dann, frisch, sauber und mit klarem Kopf, dem Questore stellen. Und während er unter der Dusche stand, kristallisierte sich ein Gedanke heraus. Eine halbe Stunde später hielt er vor dem Kommissariat, stieg aus und ging hinein. Kaum war er drin, betäubte ihn Catarellas Geschrei, aber es war weniger Geschrei als ein Mittelding zwischen Gekläff und Gewieher.

»Aaaaahhh Dottori Dottori! *Ccà è? È ccà,* Dottori?«

»Ja, Catarè, ich bin da. Was ist los?«

»Der Signori und Quistori plärrt wie ein Klageweib, Dottori! Fünfmal hat er schon angerufen! Der ist so was von stinksauer!«

»Sag ihm, er soll sich beruhigen.«

»Dottori, ich tät mich nie trauen, so mit dem Signori und Quistori zu reden! Das wär ganz furchtbar ungezogen! Was soll ich ihm sagen, wenn er noch mal anruft?«

»Dass ich nicht da bin.«

»*Nzamà*, Signuri, nie und nimmer! Ich kann doch den Signori und Quistori nicht einfach anlügen!«

»Dann stell ihn zu Dottor Augello durch.«

Er öffnete die Tür zu Mimìs Zimmer.

»Was wollte der Questore?«

»Ich weiß es nicht, ich war noch nicht dort.«

»*Oh Madunnuzza santa!* Und wer darf sich das jetzt anhören?«

»Du hörst dir das an. Du rufst ihn an und erzählst ihm, ich sei auf dem Weg zu ihm vor lauter Eile wegen überhöhter Geschwindigkeit von der Straße abgekommen. Nichts Schlimmes, eine kleine Platzwunde an der Stirn. Sag ihm, wenn es mir wieder besser geht, werde ich am Nachmittag meiner Pflicht nachkommen. Laber ihn zu. Und dann kommst du zu mir.«

Er ging in sein Büro, und sogleich kam Fazio hinter ihm hergelaufen.

»Ich wollte Ihnen sagen, dass wir eine Enkelin von Geometra Garzullo gefunden haben.«

»Gut. Wie habt ihr das gemacht?«

»Wir haben gar nichts gemacht, Dottore. Sie ist von sich aus gekommen. Sie war in Sorge, weil sie heute früh zu ihm wollte und er nicht zu Hause war. Sie hat gewartet, dann hat sie beschlossen, hierher zu kommen. Ich musste ihr die dreifache Hiobsbotschaft mitteilen.«

»Wieso dreifach?«

»*Dottore mio*, erstens: Sie wusste nicht, dass ihr Großvater durch Ragioniere Gargano seine ganzen Ersparnisse verloren hatte. Zweitens: Sie wusste nicht, dass ihr Großvater einen Auftritt wie in einem Gangsterfilm hingelegt hat. Drittens: Sie wusste nicht, dass ihr Großvater gestorben ist.«

»Wie hat das arme Mädchen reagiert?«

»Schlecht, vor allem, als sie hörte, dass der Großvater um das Geld betrogen wurde, das er gespart hatte und das sie erben sollte.«

Fazio ging hinaus, und herein kam Augello, der sich mit einem Taschentuch über den Hals wischte.

»Der Questore hat mich ganz schön ins Schwitzen gebracht! Am Ende hat er gesagt, ich soll dir sagen, wenn du nicht gerade im Sterben liegst, erwartet er dich am Nachmittag.«

»Mimì, setz dich und erzähl mir die Geschichte von Ragioniere Gargano.«

»Jetzt?«

»Jetzt. Was ist, hast du's eilig?«

»Nein, aber es ist eine verworrene Geschichte.«

»Dann mach sie mir ganz einfach.«

»Also gut. Ich kann sie dir allerdings nur halb erzählen, weil wir uns auf Anweisung des Questore nur damit befasst haben, soweit wir zuständig waren, zum Großteil hat Dottor Guarnotta die Ermittlungen übernommen, der Spezialist für Betrug.«

Sie sahen sich an und mussten einfach lauthals loslachen, denn es war allgemein bekannt, dass Amelio Guarnotta sich zwei Jahre zuvor einen Haufen Aktien einer Gesellschaft hatte aufschwatzen lassen, die das Kolosseum nach seiner Privatisierung in eine Luxuswohnanlage umwandeln sollte.

»Also. Emanuele Gargano ist im Februar 1960 in Fiacca geboren und hat sein Buchhalterdiplom in Mailand gemacht.«

»Wieso ausgerechnet in Mailand? War seine Familie da hingezogen?«

»Nein, seine Familie war bei einem Verkehrsunfall ins Paradies gezogen. Er war das einzige Kind und wurde daraufhin von einem unverheirateten Bruder des Vaters, einem Bankdirektor, sozusagen adoptiert. Mithilfe des Onkels kommt Gargano nach seinem Diplom in dessen Bank unter. Etwa zehn Jahre später, als er nach dem Tod seines

Förderers auf sich gestellt ist, wechselt er zu einer Agentur für Vermögensverwaltung und erweist sich als sehr fähig. Vor drei Jahren verlässt er die Agentur und eröffnet in Bologna die ›König Midas‹, deren Inhaber er ist. Und da gibt es zum ersten Mal etwas Merkwürdiges. Zumindest wurde mir das so berichtet, denn für den Bereich waren wir nicht zuständig.«

»Was war das Merkwürdige?«

»Erstens bestand das komplette Personal der ›König Midas‹ in Bologna aus einer einzigen Angestellten, so was wie hier unsere Signorina Cosentino, und dann betrug der gesamte Umsatz der Firma in drei Jahren etwa zwei Milliarden. Ein Witz.«

»Eine Tarnung.«

»Klar. Aber eine prophylaktische Tarnung, mit Blick auf den groß angelegten Betrug, den er in unserer Gegend vorhatte.«

»Kannst du mir das mit dem Betrug genauer erklären?«

»Das ist ganz simpel. Angenommen, du überlässt mir eine Million, damit ich sie gewinnbringend anlege. Nach einem halben Jahr gebe ich dir zweihunderttausend Lire Rendite, zwanzig Prozent. Das ist ein sehr hoher Satz, und es spricht sich herum. Es kommt ein Freund von dir und überlässt mir auch eine Million. Am Ende des zweiten Halbjahres gebe ich dir weitere Zweihunderttausend und deinem Freund ebenso viel. Dann beschließe ich zu verschwinden. Und habe eine Million und vierhunderttausend Lire verdient. Zieh vierhunderttausend an Unkosten ab, dann schiebe ich am Ende eine Million netto ein. Kurz und gut, laut Guarnotta soll Gargano gute zwanzig Milliarden eingesackt haben.«

»Abartig. Und das Fernsehen ist schuld dran«, sagte Montalbano.

»Was hat denn das Fernsehen damit zu tun?«

»Viel. Es gibt doch keine Nachrichten, in denen sie dir nicht die Börse, den Nasdaq, den Dow Jones, den Mibtel, den Scheißtel um die Ohren hauen... Die Leute sind beeindruckt, haben keine Ahnung davon, sie wissen, es ist riskant, aber man kann dabei verdienen, und werfen sich dem erstbesten Betrüger in die Arme: Ich will auch spielen, lass mich mitspielen... Vergiss es. Was hast du dir denn überlegt?«

»Ich denke, und Guarnotta denkt das auch, dass unter den größeren Kunden irgendein Mafioso war, der ihm auf den Leim gegangen ist und ihn daraufhin ausgeschaltet hat.«

»Du, Mimì, bist also kein Anhänger der Theorie, derzufolge Gargano glücklich und zufrieden auf einer Südseeinsel sitzt?«

»Nein. Und was glaubst du?«

»Ich glaube, dass ihr beide, du und Guarnotta, saudumm seid.«

»Wieso denn?«

»Ich will's dir erklären. Erst mal musst du mir einen Mafioso zeigen, der so blöd ist und nicht kapiert, dass Gargano einen billigen Schwindel veranstaltet. Allenfalls hätte der Mafioso Gargano gezwungen, ihn als mehrheitlich beteiligten Sozius aufzunehmen. Und dann: Wie soll dieser hypothetische Mafioso geahnt haben, dass Gargano ihn betrügen wollte?«

»Das hab ich jetzt nicht verstanden.«

»Wir sind wohl ein bisschen langsam, ja, Mimì? Überleg doch mal. Wie kann der Mafioso darauf kommen, dass Gargano nicht erscheinen würde, um die Rendite zu zahlen? Wann ist er zum letzten Mal gesehen worden?«

»Genau weiß ich das jetzt nicht mehr, etwa vor einem Monat, in Bologna. Er hat zu seiner Sekretärin gesagt, dass er am nächsten Tag nach Sizilien reisen wollte.«

»Wie?«

»Dass er nach Sizilien reisen wollte«, wiederholte Mimí Augello.

Montalbano schlug heftig mit der Hand auf den Tisch.

»Catarella ist inzwischen wohl ansteckend? Verblödest du jetzt auch schon? Ich habe gefragt, mit welchem Verkehrsmittel er nach Sizilien reisen wollte. Mit dem Flugzeug? Mit dem Zug? Zu Fuß?«

»Das wusste die Sekretärin nicht. Aber wenn er hier in Vigàta war, fuhr er immer einen Alfa 166 mit allem Schnickschnack, so einen mit Computer im Armaturenbrett.«

»Hat man ihn gefunden?«

»Nein.«

»Er hatte einen Computer im Auto, aber im Büro habe ich keinen einzigen gesehen. Seltsam.«

»Er hatte zwei. Guarnotta hat sie beschlagnahmen lassen.«

»Und was hat er herausgefunden?«

»Sie arbeiten noch dran.«

»Wie viele Angestellte gab es hier in der Filiale außer der Cosentino?«

»Zwei junge Leute, die, wie das heute so ist, alles über Internet und solche Sachen wissen. Giacomo Pellegrino ist promovierter Betriebswirtschaftler, und Michela Manganaro promoviert gerade, ebenfalls in Betriebswirtschaft. Sie wohnen in Vigàta.«

»Ich will mit ihnen reden. Schreib mir ihre Telefonnummern auf. Die will ich auf dem Tisch haben, wenn ich aus Montelusa zurück bin.«

Mimì machte ein grimmiges Gesicht, stand auf und verließ grußlos das Zimmer.

Montalbano konnte ihn verstehen, Mimì fürchtete, dass Montalbano ihm den Fall wegnehmen könnte. Oder noch schlimmer: Er glaubte, der Commissario hätte irgendeine geniale Idee, die die Ermittlungen in die richtigen Bahnen lenken könnte. Aber so war es nicht. Konnte er Augello sagen, dass ihn nur ein vages Gefühl leitete, ein leiser Schatten, ein zartes Spinngewebe, das beim kleinsten Windhauch zerreißen konnte?

In der Trattoria »San Calogero« verdrückte er hintereinander zwei Portionen gegrillten Fisch, als ersten und als zweiten Gang. Danach machte er einen langen Verdauungsspaziergang auf der Mole, bis vor zum Leuchtturm. Einen Augenblick war er unschlüssig, ob er sich auf seinem gewohnten Felsen niederlassen sollte, aber es war zu windig und zu kalt, außerdem wollte er die Sache mit dem Questore loswerden. Er fuhr nach Montelusa und schaute, anstatt gleich in die Questura zu gehen, in der Redaktion von »Retelibera« vorbei. Man sagte ihm, sein Freund Zito, der Journalist, sei dienstlich unterwegs. Aber Annalisa, Mädchen für alles, nahm sich Zeit für ihn.

»Habt ihr über Ragioniere Gargano berichtet?«

»Im Zusammenhang mit seinem Verschwinden?«

»Auch vorher.«

»Wir haben jede Menge Berichte.«

»Könnten Sie mir die überspielen, die Ihnen am aussagekräftigsten erscheinen? Ginge das bis morgen Nachmittag?«

Er stellte das Auto auf dem Parkplatz der Questura ab, betrat das Gebäude durch eine Seitentür und wartete auf den Aufzug. Drei Personen wollten hinauffahren, einen Vicecommissario kannte er, und sie begrüßten sich. Sie ließen Montalbano den Vortritt. Als alle eingestiegen waren, einschließlich eines Mannes, der in letzter Sekunde angerannt kam, legte der Vicecommissario den Zeigefinger an den Knopf und verharrte so, gelähmt von Montalbanos Schrei.

»Stopp!«

Alle wandten sich um und blickten ihn an, halb erschrocken, halb erstaunt.

»Lassen Sie mich durch!«, rief er und bahnte sich mit den Ellenbogen einen Weg.

Vom Aufzug rannte er zu seinem Auto, ließ den Motor an und fuhr fluchend los. Er hatte völlig vergessen, dass Mimì dem Questore erzählt haben musste, er sei an der Stirn genäht worden. Es gab nur eine Möglichkeit, er musste wieder nach Vigàta und sich von einem befreundeten Apotheker einen Verband anlegen lassen.

Drei

Mit einem dicken Mullverband um den Kopf kehrte er in die Questura zurück, er sah aus wie ein Vietnamheimkehrer. Im Vorzimmer des Questore begegnete er dem Chef des Stabes, Dottor Lattes, der wegen seiner schleimigen Art überall *»lattes e mieles«* hieß. Lattes bemerkte, und es blieb ihm auch wirklich nichts anderes übrig, den auffallenden Verband.

»Was ist denn mit Ihnen passiert?«

»Ein kleiner Autounfall. Halb so schlimm.«

»Danken Sie der Madonna!«

»Schon geschehen, Dottore.«

»Und wie geht's Ihrer Familie, mein Verehrter? Allen gut?«

Jedes Kind wusste, dass Montalbano Waise und nicht verheiratet war und auch keine heimlichen Kinder hatte. Und doch stellte Lattes ihm unweigerlich die immer gleiche Frage. Und der Commissario, mit spiegelbildlicher Hartnäckigkeit, enttäuschte ihn nie.

»Es geht allen gut, der Madonna sei Dank. Und Ihrer?«

»Meiner auch, dem Himmel sei Dank«, antwortete Lattes,

beglückt über die Chance zur Variation, die Montalbano ihm geboten hatte. Und er fuhr fort: »Was machen Sie Schönes in dieser Gegend?«

Wie bitte? Hatte der Questore seinem Stabschef etwa nichts von der Vorladung gesagt? War die Angelegenheit denn so vertraulich?

»Dottor Bonetti-Alderighi hat mich angerufen. Er will mich sehen.«

»Ach ja?«, wunderte sich Lattes. »Ich verständige den Herrn Polizeipräsidenten sofort, dass Sie da sind.«

Er klopfte diskret an die Tür des Questore, trat ein, schloss die Tür, nach einer Weile ging die Tür wieder auf, Lattes erschien, ganz verändert, er lächelte nicht.

»Gehen Sie hinein«, sagte er.

Als er an ihm vorbeiging, versuchte Montalbano ihm in die Augen zu sehen, aber es gelang ihm nicht, der Chef des Stabes hielt den Kopf gesenkt. Scheiße, die Sache musste bitterernst sein. Was hatte er denn angestellt? Er trat ein, Lattes schloss die Tür hinter ihm, und Montalbano hatte ein Gefühl, als ob sich ein Sargdeckel auf ihn herabgesenkt hätte. Der Questore, der stets, wenn er ihn empfing, ein extra Szenenbild arrangierte, hatte diesmal auf Lichteffekte zurückgegriffen, die aus einem Schwarzweißfilm von Fritz Lang hätten stammen können. Die Fensterläden waren fest geschlossen, die Leisten bis auf eine heruntergeklappt, und diese ließ nur einen schmalen Sonnenstrahl hindurch, der die Aufgabe hatte, das Zimmer in zwei Teile zu spalten. Einzige Lichtquelle war eine niedrige pilzförmige Tischlampe, die die Unterlagen auf dem Schreibtisch des Questore beleuchtete, sein Gesicht jedoch völlig im Dunkeln ließ. Die ganze Aufmachung sah Montalbano sehr nach einem Verhör aus, einem Mittelding zwischen Verhör durch die Inquisition und einem, wie es bei der SS seinerzeit beliebt war.

»Kommen Sie.«

Der Commissario trat näher. Vor dem Schreibtisch standen zwei Stühle, aber Montalbano setzte sich nicht, der Questore hatte ihn ja auch nicht dazu aufgefordert. Und er begrüßte Bonetti-Alderighi nicht, der ihn seinerseits auch nicht begrüßt hatte. Der Questore las weiter in den Akten, die vor ihm lagen.

Gut fünf Minuten verstrichen. Und dann beschloss der Commissario, zur Gegenattacke überzugehen; wenn er nicht die Initiative ergriff, ließ Bonetti-Alderighi ihn womöglich ein paar Stunden lang licht- wie erklärungsmäßig im Dunkeln stehen. Keine Helligkeit und keine Erklärungen. Er fasste in die Jackentasche, holte ein Päckchen Zigaretten hervor, nahm eine heraus, steckte sie sich zwischen die Lippen, schnippte das Feuerzeug an. Der Questore machte einen Satz auf dem Stuhl, das Flämmchen hatte wie das Mündungsfeuer einer Lupara auf ihn gewirkt.

»Was tun Sie da?«, schrie er, entsetzt von seinen Akten aufblickend.

»Ich stecke mir eine Zigarette an.«
»Machen Sie dieses Ding sofort aus! Rauchen ist hier strengstens verboten!«
Der Commissario sagte keinen Ton und machte das Feuerzeug aus. Aber er behielt es in der Hand, wie er auch die Zigarette zwischen den Lippen behielt. Doch er hatte erreicht, was er erreichen wollte, denn vor Schreck über die Bedrohung durch das einsatzbereite Feuerzeug kam der Questore zur Sache.
»Montalbano, ich wurde leider mit der Nase auf einige Akten zu einem übel riechenden Fall gestoßen, in dem Sie vor einigen Jahren ermittelten, als ich noch nicht Questore von Montelusa war.«
»Ihre Nase ist zu empfindlich für diesen Beruf.«
Die Bemerkung war ihm entschlüpft, er hatte sie nicht für sich behalten können. Und er bereute sie auf der Stelle. Er sah, wie sich Bonetti-Alderighis Hände in den Lichtkegel der Lampe schoben, wie sie sich an der Tischkante festkrallten, wie die Knöchel, weil er sich so mühsam beherrschte, weiß anliefen. Montalbano befürchtete das Schlimmste, aber der Questore zügelte sich. Mit erregter Stimme fuhr er fort:
»Es handelt sich um die Ermittlung über eine tunesische Prostituierte, die später tot aufgefunden wurde und einen Sohn namens François hatte.«
Der Name des Kleinen traf Montalbano wie ein Messer-

stich ins Herz. Mein Gott, François! Wie lange hatte er ihn nicht gesehen? Er beschloss, sich anzuhören, was der Questore zu sagen hatte. Er wollte nicht, dass ihn die Woge der Gefühle, die ihn ergriffen hatte, fortriss und er dann keine Chance zur Verteidigung hatte, denn Bonetti-Alderighi würde ihn sicher gleich aller möglichen Vergehen beschuldigen. Montalbano versuchte, sich an alle Details des lange zurückliegenden Falles zu erinnern. Hatte etwa Lohengrin Pera, dieses Schwein vom Geheimdienst, nach so vielen Jahren Mittel und Wege gefunden, sich zu rächen? Was der Questore dann von sich gab, brachte Montalbano aus der Fassung.

»Anscheinend hatten Sie anfangs die Absicht, zu heiraten und dieses Kind zu adoptieren. Stimmt das, ja oder nein?«

»Ja, das stimmt«, antwortete der Commissario verwirrt.

Was zum Teufel hatten seine Privatangelegenheiten mit dem Fall zu tun? Und woher wusste Bonetti-Alderighi solche Details?

»Gut. In der Folge sollen Sie Ihre Meinung bezüglich der Adoption des Kindes geändert haben. François wurde daraufhin einer Schwester Ihres Stellvertreters Dottor Domenico Augello anvertraut. Richtig?«

Worauf wollte dieser Widerling nur hinaus?

»Richtig.«

Montalbano verlor allmählich die Geduld. Er wusste weder, warum diese alte Geschichte den Questore interessierte, noch aus welcher Richtung der unvermeidliche Schlag kommen würde.

»Da bleibt alles in der Familie, was?«

In Bonetti-Alderighis hämischem Ton klang eine ebenso deutliche wie unerklärliche Unterstellung mit. Was fiel diesem Trottel eigentlich ein?

»Hören Sie zu, Signor Questore. Anscheinend haben Sie sich ein genaues Bild von einer Angelegenheit gemacht, die ich schon fast vergessen hatte. Jedenfalls bitte ich Sie, sich gut zu überlegen, was Sie mir sagen wollen.«

»Unterstehen Sie sich, mir zu drohen!«, schrie Bonetti-Alderighi hysterisch und schlug mit der Hand auf den Tisch, dass es krack machte. »Und jetzt reden Sie: Wo steckt das Sparbuch?«

»Welches Sparbuch?«

Er konnte sich wirklich an kein Sparbuch erinnern.

»Spielen Sie doch nicht den Ahnungslosen, Montalbano!«

Bei diesen Worten, »Spielen Sie doch nicht den Ahnungslosen«, rastete der Commissario aus. Er hasste Plattitüden und sprachliche Klischees, sie brachten ihn zur Weißglut. Diesmal schlug er mit der Hand auf den Tisch, dass es krack, krack machte.

»Von welchem Scheißsparbuch faseln Sie da?«

»Oho!«, höhnte der Questore. »Wir haben wohl was auf dem Kerbholz, was, Montalbano?«

Er wusste, wenn auf den Ahnungslosen und das Kerbholz

noch ein Satz von dieser Sorte folgte, würde er Bonetti-Alderighi am Hals packen und zudrücken, bis er erstickte. Wie durch ein Wunder schaffte er es, nicht zu reagieren, keinen Ton zu sagen.

»Bevor wir auf das Sparbuch eingehen«, fuhr der Questore fort, »sprechen wir von dem Kind, dem Sohn der Prostituierten. Ohne jemanden zu informieren, haben Sie dieses Waisenkind zu sich nach Hause genommen. Das ist Entführung eines Minderjährigen, Montalbano! Wir haben ein Gericht, wussten Sie das? Es gibt eigens Jugendrichter, wussten Sie das? Sie hätten das Gesetz befolgen müssen, statt es zu umgehen! Wir sind schließlich nicht im Wilden Westen!«

Erschöpft machte er eine Pause. Montalbano sagte kein Wort.

»Und nicht nur das! Diese Heldentat ist Ihnen nicht genug, Sie schenken das Kind auch noch der Schwester Ihres Stellvertreters, als wäre es irgendein Gegenstand! Wie herzlos! Eine Angelegenheit für das Strafgesetzbuch! Doch zu diesem Aspekt der Geschichte später. Es kommt noch schlimmer. Die Prostituierte besaß ein Sparbuch über eine halbe Milliarde Lire. Dieses Sparbuch ist irgendwann in Ihre Hände gelangt. Und dann ist es verschwunden! Wo steckt es? Haben Sie das Geld mit ihrem Freund und Komplizen Domenico Augello geteilt?«

Sehr langsam legte Montalbano die Hände auf den Schreibtisch, sehr langsam beugte er den Oberkörper nach vorn, sehr langsam schob sich sein Kopf in den Lichtkegel der Lampe. Bonetti-Alderighi erschrak. Montalbanos zur Hälfte beleuchtetes Gesicht sah ganz genauso aus wie eine dieser afrikanischen Masken, die man aufsetzt, wenn Menschenopfer dargebracht werden. Und so weit war Sizilien von Afrika ja nicht entfernt, fuhr es dem schreckensstarren Questore durch den Kopf. Der Commissario sah Bonetti-Alderighi fest an, und dann sprach er, sehr langsam und sehr leise.

»Ich sage es dir von Mann zu Mann. Lass das Kind aus dem Spiel, lass es raus aus der Geschichte. Kapiert? Augellos Schwester und ihr Mann haben es ordnungsgemäß adoptiert. Lass es aus dem Spiel. Für deine private Rache, deine eigene Scheiße reiche ich. Einverstanden?«

Der Questore antwortete nicht, vor Schreck und Wut brachte er kein Wort heraus.

»Einverstanden?«, fragte Montalbano noch mal.

Und je leiser, ruhiger, langsamer diese Stimme wurde, umso stärker spürte Bonetti-Alderighi die mühsam beherrschte Gewalt.

»Einverstanden«, sagte er schließlich mit dünner Stimme.

Montalbano richtete sich wieder auf, sein Gesicht verschwand aus dem Lichtkegel.

»Darf ich fragen, Signor Questore, woher Sie all diese Informationen haben?«

Montalbanos mit einem Mal veränderter Ton, förmlich und leicht unterwürfig, erstaunte den Questore dermaßen, dass er sagte, was er ursprünglich nicht hatte sagen wollen.

»Man hat mir geschrieben.«

Montalbano begriff sofort.

»Einen anonymen Brief, stimmt's?«

»Na ja, sagen wir, nicht unterzeichnet.«

»Und Sie schämen sich nicht?«, fragte der Commissario, während er sich umdrehte und zur Tür ging, taub für das Geschrei des Questore.

»Montalbano, kommen Sie zurück!«

Er war kein Hund, der auf Befehl gehorchte. Wütend riss er sich den überflüssigen Verband vom Kopf. Im Flur stieß er mit Dottor Lattes zusammen. Lattes stotterte:

»I ... i ... ich g ... g ... g ... glaube, der Herr Polizeipräsident ruft Sie.«

»Klingt fast so.«

In diesem Augenblick sah Lattes, dass Montalbano keinen Verband mehr trug und seine Stirn unversehrt war.

»Schon verheilt?!«

»Wussten Sie nicht, dass der Questore ein Wundertäter ist?«

Das Beste an der ganzen Geschichte – dachte er, die Hände um das Lenkrad gekrampft, während der Fahrt nach Marinella – war, dass er gar keine Wut auf den Verfasser des anonymen Briefes hatte; das war sicher eine späte Rache von Lohengrin Pera, der als Einziger die Geschichte von François und seiner Mutter rekonstruieren konnte. Und er war auch auf den Questore nicht wütend. Auf sich selbst hatte er einen Zorn. Wie hatte er das Sparbuch mit den fünfhundert Millionen nur so vollkommen vergessen können? Er hatte es einem befreundeten Notar überlassen, daran erinnerte er sich genau, der das Geld verwalten und an François auszahlen sollte, wenn dieser volljährig war. Er erinnerte sich, dies allerdings nur vage, dass ihm der Notar etwa zehn Tage nach seinem Besuch eine Empfangsbestätigung geschickt hatte. Aber er wusste nicht mehr, wo er sie hingetan hatte. Am schlimmsten war, dass er von diesem Sparbuch weder Mimì Augello noch der Schwester je ein Wort gesagt hatte. Und so konnte Mimì, der keine Ahnung von der Geschichte hatte, von Bonetti-Alderighis gesegneter Fantasie ins Spiel gebracht werden, dabei war er unschuldig wie Jesus.

Innerhalb einer knappen Stunde sah es bei ihm aus, als hätten routinierte Einbrecher gewissenhaft das Haus durchsucht. Sämtliche Schubladen des Schreibtisches waren herausgezogen und die Unterlagen, die sich darin befanden, auf den Boden geworfen, ebenfalls auf dem Boden lagen die Bücher, halb aufgeschlagen, durchwühlt und misshandelt. Im Schlafzimmer standen die beiden Nachtkästchen weit offen, ebenso der Schrank und die Kommode, die Wäsche war über Bett und Stühle verteilt. Montalbano suchte fieberhaft, und allmählich wurde ihm klar, dass er das, was er suchte, nie und nimmer finden würde. Als er die Hoffnung gerade aufgegeben hatte, entdeckte er in der untersten Schublade der Kommode in einer Schachtel – zusammen mit einem Foto seiner Mutter, die gestorben war, bevor er ihr Bild zu Lebzeiten im Gedächtnis hätte behalten können, zusammen mit einem Foto des Vaters und ein paar seiner seltenen Briefe – das Kuvert, das ihm der Notar geschickt hatte, er öffnete es, zog das Dokument heraus, las es, las es noch mal, verließ das Haus und setzte sich ins Auto. In einem der ersten Häuser von Vigàta gab es, so erinnerte er sich, einen *tabaccaro* mit Fotokopiergerät, er kopierte das Blatt, setzte sich wieder ins Auto, fuhr zurück nach Marinella, erschrak selbst vor dem Chaos, das er im Haus angerichtet hatte, suchte fluchend ein Blatt Papier und einen Umschlag, wurde fündig, setzte sich an den Schreibtisch und schrieb:

Verehrter Signor Questore von Vigàta,
da Sie dazu neigen, anonymen Briefen Beachtung zu schenken, werde ich diesen Brief nicht unterzeichnen. Ich lege die Kopie der Empfangsbestätigung von Notar Giulio Carlentini bei, die die Position von Commissario Dott. Salvo Montalbano klärt. Das Original ver-

bleibt selbstverständlich im Besitz des Verfassers dieses Schreibens und kann auf Anfrage vorgelegt werden.

gez.: ein Freund

Er setzte sich wieder ins Auto, fuhr zur Post, gab den Brief per Einschreiben mit Rückschein auf, ging hinaus, beugte sich vor, um die Autotür zu öffnen, und verharrte gelähmt in dieser Stellung, als wäre ihm ein heftiger Schmerz in den Rücken gefahren, so ein Schmerz, der sich bei der geringsten Bewegung zu einem Dolchstich auswächst, und dann kann man nur so bleiben, wie man gerade ist, und hoffen, dass irgendein Wunder das Übel, wenigstens vorübergehend, verschwinden lassen möge. Was den Commissario so geschockt hatte, war der Anblick einer Frau, die gerade vorbeiging, anscheinend auf dem Weg in die nahe Metzgerei. Es war Signorina Mariastella Cosentino, die Vestalin aus Ragionier Garganos Tempel, die nach der nachmittäglichen Bürozeit die Agentur geschlossen hatte und jetzt einkaufte, bevor sie nach Hause fuhr. Beim Anblick von Mariastella Cosentino war ihm ein entsetzlicher Gedanke gekommen, gefolgt von einer noch entsetzlicheren Frage: Der Notar hatte doch nicht etwa versehentlich François' Geld in das Unternehmen von Ragioniere Gargano investiert? Wenn ja, dann hatte sich das Geld längst Richtung Südsee verflüchtigt, und daraus folgte nicht nur, dass der Junge von seinem mütterlichen Erbe keine Lira bekam, sondern dass es ihm, Montalbano, nach dem provozierenden Brief an den Questore sehr schwer fallen würde, das Verschwinden des Geldes zu erklären; am liebsten würde er sagen, dass er mit der Geschichte gar nichts zu tun hatte, der Questore würde ihm niemals glauben, er dächte zumindest, dass der Commissario mit dem Notar gemeinsame Sache gemacht und die fünfhundert Millionen des armen Waisenkindes mit ihm geteilt habe.

Er schaffte es, sich aufzuraffen, die Autotür zu öffnen und mit quietschenden Reifen, wie es gewöhnlich die Polizei und die Idioten machen, durchzustarten in Richtung des Büros von Notar Carlentini. Er rannte die zwei Stockwerke hinauf und kam außer Atem oben an. Die Bürotür war verschlossen, ein Schildchen mit den Öffnungszeiten hing daran: Das Büro war seit einer Stunde zu, vielleicht war noch jemand da. Er klingelte und hämmerte sicherheitshalber auch mit der Faust an die Tür. Die Tür öffnete sich einen Spalt, und der Commissario stieß sie mit catarellanischer Wucht ganz auf. Die junge Frau, die geöffnet hatte, wich erschrocken zurück.

»Was … was wollen Sie? Tun … tun Sie mir nichts.«

Sie glaubte bestimmt, einen Räuber vor sich zu haben. Ganz blass war sie geworden.

»Entschuldigen Sie, wenn ich Sie erschreckt habe«, sagte Montalbano. »Ich tue Ihnen bestimmt nichts. Mein Name ist Montalbano.«

»Mein Gott, bin ich dumm!«, rief die junge Frau. »Jetzt erinnere ich mich, dass ich Sie im Fernsehen gesehen habe. Kommen Sie herein.«

»Ist der Notar da?«, fragte der Commissario und trat ein.

Die junge Frau machte ein ernstes Gesicht.

»Wissen Sie denn nichts?«

»Was?«, fragte Montalbano und wurde immer nervöser.

»Der arme Notar…«

»Ist er tot?«, heulte Montalbano, als hätte sie ihm das Ableben des Menschen mitgeteilt, der ihm auf der Welt der liebste war.

Die junge Frau sah ihn leicht irritiert an.

»Nein, er ist nicht tot. Er hatte einen Schlaganfall. Er ist auf dem Weg der Besserung.«

»Kann er sprechen? Sich erinnern?«

»Natürlich.«

»Wie kann ich mit ihm reden?«

»Jetzt?«

»Jetzt.«

Die junge Frau blickte auf ihre Armbanduhr.

»Vielleicht schaffen wir es. Er liegt in der Santa-Maria-Klinik in Montelusa.«

Sie ging in einen Raum voller Ordner, Mappen, Aktendeckel und Schnellhefter, wählte eine Nummer und ließ sich mit Zimmer 114 verbinden. Dann sagte sie: »Giulio…«

Sie unterbrach sich. Es war allgemein bekannt, dass der

Herr Notar nichts anbrennen ließ. Und die junge Frau am Telefon war etwa dreißig, groß, langes schwarzes Haar bis zum Kreuz, sehr schöne Beine.

»Signor Notaio«, fuhr sie fort. »Commissario Montalbano ist hier im Büro und möchte mit Ihnen sprechen... Ja? Und wir telefonieren später.«

Sie gab Montalbano den Hörer und verließ diskret das Zimmer.

»*Pronto*, Notaio? Hier ist Montalbano. Ich wollte Sie nur um eine Auskunft bitten. Erinnern Sie sich noch, dass ich Ihnen vor ein paar Jahren ein Sparbuch über fünfhundert Millionen überlassen habe, das... Ah ja, Sie erinnern sich? Ich frage, weil ich befürchtete, Sie hätten das Geld vielleicht bei Ragioniere Gargano investiert, und da... Nein, nehmen Sie's mir bitte nicht übel... Nein, um Himmels willen, ich wollte wirklich nicht... Aber ich bitte Sie... Schon gut, schon gut, entschuldigen Sie. Gute Besserung.«

Er legte auf. Der Notar war allein bei der Erwähnung von Garganos Namen beleidigt gewesen.

»Und Sie denken, ich sei so blöd und würde einem Betrüger wie Gargano glauben?«, hatte er gefragt.

François' Geld war in Sicherheit.

Doch als er sich ins Auto setzte, um ins Kommissariat zu fahren, schwor Montalbano, dass er Ragioniere Gargano den furchtbaren Schrecken, den er seinetwegen bekommen hatte, großzügig heimzahlen würde.

Vier

Bis zum Kommissariat kam er jedoch nicht, denn unterwegs gelangte er zu der Auffassung, dass er einen ziemlich harten Tag gehabt und daher einen Trost verdient hatte. Jemand hatte mal flüchtig eine Trattoria erwähnt, die ein paar Monate zuvor etwa zehn Kilometer hinter Montelusa an der Provinciale nach Giardina eröffnet worden war und in der man gut aß. Man hatte ihm auch den Namen genannt, »*Giugiù 'u carritteri*«, beim Fuhrmann Giugiù. Viermal verpasste er die richtige Abzweigung, und als er gerade beschlossen hatte, zurückzufahren und wieder in der Trattoria »San Calogero« einzukehren, auch weil sein Hunger mit der Zeit immer ärger nagte, sah er im Scheinwerferlicht den Wegweiser zu dem Lokal, ein handbeschriebenes kleines Brett, das an einem Strommast befestigt war. Nach fünf Minuten auf einem echten Viehsteig, wie es sie gar nicht mehr gibt, voller Schlaglöcher und großer Steine, kam er an, und einen Moment lang argwöhnte er eine Inszenierung von Giugiù, der sich als Fuhrmann ausgab und in Wahrheit Rennfahrer war. Bei dieser Anwandlung von Argwohn überzeugte ihn auch das einsame kleine Haus nicht: schlecht verputzt und ohne Neonlampen, ein Zimmer im Erdgeschoss und ein Zimmer im ersten und einzigen Stockwerk. Durch die beiden Fenster im Erdgeschoss drang ein blasses Licht, das melancholisch stimmte. Bestimmt der Inszenierung letzter Schliff. Auf dem Vorplatz standen zwei Autos. Er stieg aus und blieb unschlüssig stehen. Er hatte keine Lust, den Abend vergiftet zu beschließen. Er versuchte sich zu erinnern, wer ihm das Lokal empfohlen hatte, und dann fiel es ihm ein: Vicecommissario Lindt, Sohn Schweizer Eltern (»Mit der Schokolade verwandt?«, hatte er gefragt, als man ihn mit ihm bekannt machte), der bis vor einem halben Jahr in Bozen gearbeitet hatte. »Ist ja klar«, sagte er zu sich. »Der kann wahrscheinlich ein Huhn nicht von einem Lachs unterscheiden.«

Und in diesem Augenblick wehte ihn mit dem leisen Abendwind ganz sacht ein Duft an, der seine Nasenlöcher weitete: der Duft einer unverfälschten und wohlschmeckenden Küche, der Duft von Gerichten, die nach den göttlichen Regeln der Kunst zubereitet wurden. Es gab kein Halten mehr, er öffnete die Tür und trat ein. In dem Raum standen acht Tische, und nur an einem saß ein Paar mittleren Alters. Er setzte sich an den erstbesten Tisch.

»*Mi scusasse*, aber der ist reserviert«, sagte der Wirt und Kellner, ein Typ um die sechzig, kahlköpfig, dafür mit Fahrradlenkerschnauzbart, groß und dick.

Folgsam stand der Commissario wieder auf. Er wollte seine vier Buchstaben gerade auf einem Stuhl am Nebentisch platzieren, als der Schnauzbart wieder sprach:
»Der auch.«
Montalbano wurde langsam ärgerlich. Nahm der ihn auf den Arm? Wollte er einen Streit vom Zaun brechen? Wollte er sich mit ihm anlegen?
»Die sind alle reserviert. Wenn Sie wollen, kann ich hier decken«, sagte der Wirt und Kellner, als er sah, dass der Gast finster dreinblickte.
Er zeigte auf einen Abstelltisch, auf dem sich Besteck, Gläser und Teller stapelten, direkt neben der Tür zur Küche, aus der jener Duft strömte, der einen schon sättigt, bevor man zu essen angefangen hat.
»Sehr gern«, sagte der Commissario.
Er saß da, als hätte man ihn in die Ecke gestellt, mit dem Gesicht praktisch an der Wand; um die Wirtsstube sehen zu können, hätte er sich schräg auf den Stuhl setzen und den Hals verrenken müssen. Aber was interessierte ihn schon die Wirtsstube?
»Ich hätte *pirciati ch'abbruscianu*, wenn Ihnen danach ist«, sagte der Schnauzbart.
Er wusste, was *pirciati* waren, eine bestimmte Sorte Pasta, aber wieso *abbruscianu*, was verbrannte da? Doch er wollte dem anderen nicht die Genugtuung verschaffen, ihm zu erklären, wie *pirciati* zubereitet wurden. So fragte er nur:

»Was heißt ›wenn mir danach ist‹?«

»Eben wenn Ihnen danach ist«, lautete die Antwort.

»Mir ist danach, keine Sorge, mir ist danach.«

Der Wirt zuckte mit den Achseln, verschwand in die Küche, tauchte nach einer Weile wieder auf, stellte sich hin und blickte den Commissario an. Er wurde von dem Paar gerufen, das die Rechnung verlangte. Der Schnauzbart stellte sie aus, die beiden zahlten und gingen grußlos hinaus.

Grüßen scheint hier nicht üblich zu sein, dachte Montalbano, und es fiel ihm ein, dass auch er, als er eingetreten war, niemanden gegrüßt hatte.

Der Schnauzbart kehrte aus der Küche zurück und stellte sich genauso hin wie vorher.

»Fünf Minuten noch«, sagte er. »Wollen Sie fernsehen, solange Sie warten?«

»Nein.«

Schließlich hörte man die Stimme einer Frau in der Küche.

»Giugiù!«

Und die *pirciati* kamen. Sie dufteten nach Paradies auf Erden. Der Schnauzbart lehnte sich bequem an den Türrahmen, als gäbe es gleich etwas zu sehen.

Montalbano wollte den Duft tief in seine Lungen strömen lassen.

Während er gierig einatmete, sagte der andere:

»Wollen Sie eine Flasche Wein griffbereit haben, bevor Sie anfangen zu essen?«

Der Commissario nickte, er hatte keine Lust zu reden. Ein Krug wurde vor ihn hingestellt, ein Liter schwerer Rotwein. Montalbano schenkte sich ein Glas ein und steckte die erste Gabel in den Mund. Die Luft blieb ihm weg, er hustete, und Tränen traten ihm in die Augen. Er hatte das deutliche Gefühl, alle seine Geschmackspapillen hätten Feuer gefangen. Er leerte das Glas auf einen Zug, und der Wein war, was den Alkoholgehalt betraf, auch nicht von schlechten Eltern.

»Immer langsam und vorsichtig«, riet der Wirt und Kellner.

»Was ist denn da drin?«, fragte Montalbano halb erstickt.

»Öl, eine halbe Zwiebel, zwei Knoblauchzehen, zwei gesalzene Anchovis, ein Teelöffel Kapern, schwarze Oliven, Tomaten, Basilikum, ein halber scharfer Peperoncino, Salz, Schafskäse und schwarzer Pfeffer«, zählte der Schnauzbart mit leisem Sadismus in der Stimme auf.

»Jesus Maria«, sagte Montalbano. »Und wer kocht bei Ihnen?«

»*Mè mogliere*, meine Frau«, sagte der Schnauzbart und ging drei neuen Gästen entgegen.

Im Wechsel mit den Gabelbissen trank Montalbano schluckweise Wein und stöhnte, mal als läge er in den letzten Zügen, mal vor überwältigender Lust (kann Essen so erschöpfend lustvoll sein wie Sex?, fragte er sich mittendrin), und so traute er sich sogar, mit Brot die im Teller verbliebenen Saucenreste zu essen, wobei er sich ab und zu den Schweiß von der Stirn wischte.

»Was wollen Sie als zweiten Gang, Signore?«

Der Commissario wusste, dass der Wirt ihm mit diesem »Signore« militärische Ehren erwies.

»Nichts.«

»Recht so. Das Dumme an den *pirciati ch'abbrusciano* ist, dass man erst man nächsten Tag wieder was schmeckt.«

Montalbano bat um die Rechnung, die ein Witz war, zahlte, stand auf und wollte schon grußlos, wie es sich gehörte, hinausgehen, da sah er direkt neben der Tür ein großes Foto, unter dem stand:

EINE MILION BELONUNG
FÜR HINWEISE ÜBER DISEN MANN.

»Wer ist das?«, fragte er, an den Schnauzbart gewandt.

»Kennen Sie den nicht? Das ist dieser Scheißkerl, dieses Arschloch von Ragioniere Gargano, der...«

»Was wollen Sie von ihm?«

»Ich hol ihn mir und schneide ihm die Kehle durch.«

»Was hat er Ihnen getan?«

»Mir nichts. Aber meiner Frau, die hat er um dreißig Millionen gebracht.«

»Bestellen Sie der Signora, dass sie gerächt werden wird«,

sagte der Commissario feierlich und legte sich eine Hand auf die Brust.
Er merkte, dass er vollkommen betrunken war.

Das Mondlicht war unheimlich, fast taghell. Montalbano fuhr leichtsinnig, und das wusste er auch: In den Kurven kam er ins Schleudern, mal fuhr er zehn, mal hundert Stundenkilometer. Auf halbem Weg zwischen Montelusa und Vigàta sah er von weitem die Reklametafel, hinter der sich der Feldweg zu dem verfallenen Häuschen mit dem sarazenischen Olivenbaum verbarg. Nachdem er auf den letzten drei Kilometern einem Frontalzusammenstoß mit zwei entgegenkommenden Autos nur knapp entgangen war, beschloss er, abzubiegen und seinen Rausch in den Ästen des Baumes auszuschlafen, den er seit fast einem Jahr nicht mehr besucht hatte.
Als er nach rechts in den Weg einbog, glaubte er, er habe sich geirrt, denn anstelle des schmalen Feldwegs war da jetzt ein breiter Asphaltstreifen. Vielleicht hatte er die Reklametafel mit einer anderen verwechselt. Er setzte zurück und stieß gegen einen Pfeiler der Reklametafel, die sich gefährlich neigte. FERRAGUTO MOBILI MONTELUSA. Kein Zweifel, es war die richtige Werbung. Er fuhr auf den ehemaligen Feldweg zurück und stand nach etwa hundert Metern vor dem Zaun eines neu gebauten Landhauses. Das kleine Bauernhaus war nicht mehr da, der sarazenische

Olivenbaum war nicht mehr da. Er fand sich nicht zurecht, erkannte nichts von der gewohnten Landschaft wieder. Konnte ihn ein Liter Wein, auch wenn er schwer war, so zurichten? Montalbano stieg aus und pinkelte und blickte dabei in alle Richtungen. Das Mondlicht ermöglichte eine gute Sicht, aber was er sah, war ihm fremd. Er holte die Taschenlampe aus dem Handschuhfach und begann um den Zaun herumzugehen. Das Haus war fertig gebaut und eindeutig unbewohnt, die Fensterscheiben hatten zum Schutz noch die gekreuzten Streifen Klebepapier. Der eingezäunte Garten war ziemlich groß, eine Art Pavillon war im Bau, daneben lag auf einem Haufen das Arbeitsgerät, Schaufeln, Pickel, Eimer für den Mörtel. Als er hinter das Haus kam, lief er in etwas hinein, was er im ersten Moment für einen Strauch Bocksdorn hielt. Er richtete die Taschenlampe darauf, sah genau hin und stieß einen Schrei aus. Er hatte einen Toten gesehen. Besser gesagt, einen Sterbenden. Der große sarazenische Olivenbaum lag vor ihm, er lag im Sterben, man hatte ihn entwurzelt und umgestoßen. Er lag im Sterben, mit der Kettensäge hatte man ihm die Äste vom Stamm abgetrennt, der Stamm selbst war von der Axt schon schwer verwundet. Die Blätter hatten sich zusammengerollt und vertrockneten. Montalbano merkte verwirrt, dass er weinte, er zog den Rotz hoch, der ihm aus der Nase lief, und schluchzte und zitterte dabei wie ein kleines Kind. Er streckte eine Hand aus und legte sie auf das Helle einer großen Wunde, unter der Handfläche fühlte es sich noch ein wenig feucht an vom Pflanzensaft, der allmählich versiegte wie das Blut eines verblutenden Menschen. Er nahm die Hand von der Wunde, pflückte ein paar Blätter ab, die noch Widerstand leisteten, und steckte sie ein. Dann ging sein Weinen in blanke, gezielte Wut über.

Er lief zum Auto, zog das Jackett aus, steckte die Taschenlampe in die Hosentasche, schaltete das Fernlicht ein, nahm das schmiedeeiserne Gartentor in Angriff und kletterte, dank dem Wein, der weiterhin seine Wirkung tat, wie ein Affe hinauf. Mit einem tarzanmäßigen Sprung landete er im Garten, überall schlängelten sich Kieswege, alle zehn Meter eine Bank aus Kunststein, bepflanzte Amphoren, nachgemachte römische Krüge mit nachgemachter Meerespatina, Kapitelle von Säulen, die in Fiacca hergestellt waren. Und der unvermeidliche, aufwändige, supermoderne Grill für die Gartenparty. Er ging zu dem halb fertigen Pavillon, suchte unter dem Arbeitsgerät einen Vorschlaghammer heraus, hielt ihn gut fest und machte sich daran, im Erdgeschoss, wo es auf jeder Seite zwei Fenster gab, die Scheiben einzuschlagen.

Nachdem er sechs Fenster zertrümmert hatte, sah er, als er um die Ecke bog, eine reglose Gruppe menschlich anmutender Gestalten. O Gott, was war das? Er holte die Taschenlampe hervor und knipste sie an. Da standen acht große Statuen beieinander und warteten darauf, vom Besitzer des Hauses nach seinem Gusto verteilt zu werden. Schneewittchen und die sieben Zwerge.

»Wartet, ich komme gleich«, sagte Montalbano.

Gewissenhaft zerschlug er die zwei verbliebenen Fenster und stürzte sich dann, hoch über dem Kopf den Vorschlaghammer schwingend wie Roland sein Schwert, wenn er rasend war, auf die Gruppe und schlug blindlings auf sie ein. Zehn Minuten später war von Schneewittchen, Hatschi, Seppl, Happy, Brummbär, Pimpel, Chef und Schlafmütz, oder wie zum Teufel sie auch hießen, außer bunten Bröseln nichts übrig. Doch Montalbano war noch nicht befriedigt. Neben dem halb fertigen Pavillon entdeckte er auch Farbspraydosen. Er nahm eine grüne und schrieb mit riesigen Buchstaben viermal das Wort ARSCHLOCH, einmal auf jede Seite des Hauses. Dann kletterte er wieder über das Gartentor, und als er sich ins Auto setzte und auf den Weg nach Marinella machte, merkte er, dass sein Rausch völlig vorbei war.

In Marinella verbrachte er die halbe Nacht damit, das Haus aufzuräumen, in dem wegen der Suche nach der Empfangsbestätigung des Notars ein wüstes Chaos herrschte. So lange hätte das eigentlich gar nicht gedauert, aber wenn man Schubladen ausleert, findet man eben immer eine Menge alter, längst vergessener Schriftstücke, von denen manche fast mit Gewalt gelesen werden wollen, und dann stürzt man unvermeidlich immer tiefer in den Strudel der Erinnerungen, und es fallen einem sogar Sachen ein, die man jahrelang nach Kräften verdrängt hat. Erinnerungen treiben ein böses Spiel, bei dem man immer verliert. Gegen drei Uhr morgens ging er ins Bett, und nachdem er mindestens dreimal aufgestanden war, um ein Glas Wasser zu trinken, nahm er die Karaffe mit ins Schlafzimmer und stellte sie aufs Nachtkästchen. Ergebnis: Um sieben Uhr morgens war sein Bauch wie mit Wasser geschwängert. Der Tag war trüb, und das verstärkte seinen Unmut, der wegen der schlechten Nacht sowieso schon einen kritischen Pegel erreicht hatte. Das Telefon klingelte, entschlossen nahm er ab.

»Du nervst, Catarè.«

»Der bin ich nicht, Dottori, ich bin's.«

»Wer denn?«

»Erkennen Sie mich nicht, Dottori? *Adelina sugnu.*«

»Adelina! Was gibt's denn?«

»Dottori, ich wollte Ihnen sagen, dass ich heute nicht kommen kann.«

»In Ordnung, das macht...«

»Und morgen kann ich auch nicht kommen, und übermorgen auch nicht.«

»Was ist denn los?«

»Die Frau von meinem jüngeren Sohn musste ins Krankenhaus, weil ihr der Bauch weh tut, und ich muss die Kinder hüten, vier Kinder, und der Älteste ist zehn und ein schlimmerer Gauner als sein Vater.«

»Ist gut, Adelì, ich komme schon zurecht.«

Er legte auf, ging ins Bad, nahm einen Berg schmutziger Wäsche mitsamt dem Pullover, den Livia ihm geschenkt hatte und der voller Sand war, und stopfte alles in die Waschmaschine. Er fand kein frisches Hemd und zog das vom Vortag an. Er dachte, dass er für mindestens drei Mittag- und drei Abendessen auswärts würde essen müssen, aber er schwor sich, der Versuchung nicht zu erliegen und »San Calogero« treu zu bleiben. Doch mit Adelinas Anruf war seine schlechte Laune über die Ufer getreten, denn er war überzeugt, dass er weder sich selbst noch das Haus versorgen konnte.

Anscheinend laue Ruhe im Kommissariat, Catarella bemerkte sein Kommen gar nicht, so vertieft war er in ein Telefongespräch, das sehr mühsam sein musste, denn er wischte sich hin und wieder mit dem Ärmel über die Stirn. Auf seinem Schreibtisch fand Montalbano einen Zettel mit zwei Namen, Giacomo Pellegrino und Michela Manganaro, und zwei Telefonnummern. Er erkannte Mimìs Handschrift, und da fiel es ihm wieder ein: Das waren die Angestellten der »König Midas«, abgesehen natürlich von Signorina Mariastella Cosentino. Aber Mimì hatte die

Adressen nicht dazugeschrieben, und ihm war es wichtig, mit den Leuten persönlich und nicht nur am Telefon zu sprechen.

»Mimì«, rief er.

Keine Antwort. Der lag womöglich noch zu Hause im Bett oder trank gerade seinen ersten Kaffee.

»Fazio!«

Fazio erschien sofort.

»Ist Dottor Augello nicht da?«

»Er kommt heute nicht, Dottore, morgen auch nicht und übermorgen auch nicht.«

Wie seine Haushälterin Adelina. Musste Mimì auch Enkel hüten?

»Und warum nicht?«

»Wie, warum, Dottore? Haben Sie das vergessen? Er heiratet doch und hat ab heute Urlaub.«

Es war ihm gänzlich entfallen. Dabei hatte er selbst, wenn auch aus nicht ganz lauterer Absicht, Mimì seine zukünftige Braut vorgestellt, Beatrice, eine schöne, tüchtige junge Frau.

»Und wann heiratet er?«

»In fünf Tagen. Und das dürfen Sie nicht vergessen, Sie sind doch Dottor Augellos Trauzeuge.«

»Ich vergesse es nicht. Sag mal, hast du gerade zu tun?«

»Ich bin gleich fertig. Da ist ein gewisser Giacomo Pellegrino, er will Anzeige erstatten wegen Sachbeschädigung, Vandalen waren an seinem Haus, das er gerade erst gebaut hat.«

»Wann ist das passiert?«

»Heute Nacht.«

»In Ordnung, dann komm nachher zu mir.«

Der Vandale war also er, Montalbano. Als er im Kommissariat so über seine Heldentat sprechen hörte, war er ziemlich verlegen, er schämte sich. Aber wie konnte er das wieder gutmachen? Sollte er zu Fazio hinübergehen und sagen: »Hören Sie, Signor Pellegrino, bitte verzeihen Sie, ich war es, der…«

Moment mal. Giacomo Pellegrino, hatte Fazio gesagt. Und Giacomo Pellegrino war auch einer der beiden Namen, die Mimì ihm, zusammen mit der Telefonnummer, auf den Zettel geschrieben hatte, der vor ihm lag. Er prägte sich rasch Pellegrinos Telefonnummer ein, stand auf und ging rüber zu Fazio.

Der schrieb gerade etwas und blickte zu Montalbano auf. Sie sahen sich ganz kurz an, aber sie verstanden. Fazio schrieb weiter. Was hatte Mimì über Giacomo Pellegrino gesagt? Dass er promovierter Betriebswirtschaftler und jung war. Der Mann, der vor Fazios Schreibtisch saß, sah aus wie ein Schäfer und war mindestens sechzig. Fazio war fertig mit Schreiben, Pellegrino unterschrieb mit einer gewissen Mühe. Von wegen Betriebswirtschaft, der war höchstens bis zur dritten Klasse Grundschule gekommen.

Fazio nahm die Anzeige wieder an sich, und da fragte der Commissario dazwischen:
»Haben Sie Ihre Telefonnummer angegeben?«
»Nein«, sagte der Mann.
»Na ja, es ist immer besser, eine zu haben. Wie heißt sie?«
Der Mann gab sie Fazio laut und deutlich an, und der notierte sie. Das war sie nicht. Sie klang eher nach einer Nummer aus der Gegend von Montereale.
»Sind Sie von hier, Signor Pellegrino?«
»Nein, ich wohne bei Montereale.«
»Und wieso haben Sie zwischen Vigàta und Montelusa ein Haus gebaut?«
Jetzt hatte er Scheiße gebaut, er merkte es sofort. Fazio hatte ihm nicht gesagt, wo das Haus stand. In der Tat sah Fazio den Commissario aus schmalen Augenschlitzen an. Aber vielleicht dachte Pellegrino, die beiden Polizisten hätten darüber gesprochen, als Fazio hinausgerufen worden war, und wunderte sich nicht über die Frage.
»Das ist nicht mein Haus. Es gehört meinem Neffen, dem Sohn meines Bruders. Er heißt wie ich.«
»Ah!«, rief Montalbano und mimte den Überraschten. »Ich verstehe, Ihr Neffe war bei der ›König Midas‹ angestellt, nicht wahr?«
»*Sissignore*, stimmt.«
»Aber sagen Sie, wieso erstatten Sie Anzeige und nicht Ihr Neffe, wenn er der Eigentümer ist?«

»Signor Pellegrino hat eine Vollmacht«, mischte sich Fazio ein.

»Vielleicht arbeitet Ihr Neffe zu viel und kann sich nicht selbst...«

»Nein«, sagte der Mann. »Es war so, wie ich's gesagt habe. Vor einem Monat, einen Tag bevor dieser Scheißkerl Gargano kommen sollte...«

»Hat er Ihnen auch Geld abgenommen?«

»*Sissignore*, alles, was ich hatte. Am Tag vorher ist mein Neffe morgens nach Montereale gekommen und hat erzählt, dass Gargano ihn angerufen und beauftragt hätte, in einer geschäftlichen Angelegenheit nach Deutschland zu reisen. Er sollte um vier Uhr nachmittags von Palermo abfliegen. Mein Neffe hat gesagt, dass er mindestens einen Monat lang weg ist, und ich sollte mich um den Bau kümmern. Er müsste in ein paar Tagen zurück sein.«

»Wenn ich ihn sprechen muss, kann ich ihn in Vigàta also nicht erreichen?«

»Nein.«

»Haben Sie eine Adresse, eine Telefonnummer Ihres Neffen in Deutschland?«

»Sie scherzen wohl.«

Fünf

Wieso eigentlich konnte er, seit Geometra Garzullo selig mit gezücktem Revolver die »König Midas«-Agentur in Vigàta betreten und gedroht hatte, ein Blutbad anzurichten, wieso konnte er seitdem keinen Schritt mehr tun, ohne auf etwas zu stoßen, das mehr oder weniger direkt mit dem verschwundenen Ragioniere Gargano zu tun hatte? Während der Commissario an die Serie von Zufällen dachte, wie man ihnen entweder in einem zweitklassigen Kriminalroman oder im banalsten Alltag begegnet, trat Fazio ein.

»Jetzt hab ich Zeit, Dottore. Aber Sie müssen mir erst noch was erklären. Woher wissen Sie, wo Pellegrinos Haus steht? Ich hab's Ihnen nicht gesagt. Könnte ich das erfahren?«

»Nein.«

Fazio breitete die Arme aus. Der Commissario beschloss, sich abzusichern, bei Fazio war man besser auf der Hut, der war ein richtiger Bulle.

»Und ich weiß auch, dass jemand die Fensterscheiben im Erdgeschoss eingeschlagen und Schneewittchen und die sieben Zwerge zerbröselt und ›Arschloch‹ auf alle vier Wände geschrieben hat. Stimmt's?«

»Stimmt. Und zwar mit einem Vorschlaghammer und grünem Farbspray, beides von dort.«

»Sehr gut. Und was denkst du jetzt? Dass ich mit den Raben rede? Dass ich eine Glaskugel habe? Dass ich zaubern kann?«, fragte Montalbano und wurde von Frage zu Frage zorniger.

»Nein. Aber Sie brauchen nicht sauer zu sein.«

»Doch, ich bin sauer! Ich bin heute früh da vorbeigekommen. Ich wollte sehen, wie's dem Olivenbaum geht.«

»Und? Geht's ihm gut?«, fragte Fazio mit leiser Ironie, denn er kannte sowohl den Baum als auch den Felsen, die beiden Plätze, an denen sein Chef hin und wieder Zuflucht suchte.

»Es gibt ihn nicht mehr. Sie haben ihn gefällt, um Platz für das Haus zu schaffen.«

Fazio wurde sehr ernst, so als hätte Montalbano ihm gesagt, dass ein ihm nahe stehender Mensch gestorben sei.

»Ich verstehe«, murmelte er.

»Was verstehst du?«

»Nichts. Hatten Sie einen Auftrag für mich?«

»Ja. Nachdem wir gehört haben, dass Giacomo Pellegrino sich in Deutschland amüsiert, musst du mir bitte die Adresse von Signorina oder Signora Michela Manganaro heraussuchen, die bei Gargano angestellt war.«

»Ich bring sie Ihnen in einer Minute. Soll ich vorher noch zu Brucale und Ihnen ein neues Hemd kaufen?«

»Ja, bitte, kauf mir gleich drei, wenn du schon hingehst. Aber wie kommst du darauf, dass ich keine Hemden mehr habe? Jetzt redest ja du mit den Raben oder zauberst!«

»Dazu braucht man nicht mit den Raben zu reden, Dottore. Sie haben heute Morgen kein frisches Hemd angezogen, aber das hätten Sie tun sollen, weil eine Manschette voller getrockneter Farbflecken ist. Grüner Flecken«, betonte er grinsend und ging hinaus.

Signorina Michela Manganaro wohnte mit ihren Eltern in einer zehnstöckigen Mietskaserne beim Friedhof. Montalbano wollte sein Kommen nicht ankündigen, weder telefonisch noch über die Sprechanlage. Er hatte gerade geparkt, als er einen alten Mann durch die Haustür kommen sah.

»Entschuldigen Sie, können Sie mir sagen, in welcher Etage die Familie Manganaro wohnt?«

»Im fünften, verfluchter Mist!«

»Warum regen Sie sich denn so auf, wenn die Manganaros...«

»Weil der Aufzug seit einer Woche nur bis zum fünften Stock geht. Und ich wohne im zehnten! Und jetzt kann ich zweimal am Tag zu Fuß gehen! Die haben immer so ein Schwein, die Manganaros! Vor ein paar Jahren haben sie sogar mal im Lotto gewonnen!«

»Haben sie viel gewonnen?«

»Ein bisschen was. Aber dass sie überhaupt gewonnen haben!«

Montalbano betrat den Aufzug, drückte auf den Knopf für den fünften Stock, der Aufzug fuhr los und blieb im dritten stehen. Er versuchte alles, aber der Lift rührte sich nicht mehr. Er ging zwei Treppen zu Fuß und tröstete sich mit dem Gedanken, dass ihm drei zum Glück erspart geblieben waren.

»Cu è?«, fragte die Stimme einer alten Frau.

»Mein Name ist Montalbano, ich bin Kriminalkommissar.«

»Ein Kommissar? Sind wir da sicher?«

»Doch, ich bin sicher, dass ich Kommissar bin.«

»Und was wollen Sie von uns?«

»Mit Ihrer Tochter Michela sprechen. Ist sie zu Hause?«

»Ja, aber sie liegt im Bett, sie hat eine leichte Grippe. Warten Sie einen Moment, ich hol meinen Mann.«

Es folgte ein Schrei, der Montalbano durch Mark und Bein fuhr.

»Filì! Komm mal her, da ist einer, der sagt, er wär Kommissar!«

Er hatte die Frau nicht überzeugen können, das verriet dieses »der sagt, er wär«.

Dann rief die Frau, immer noch durch die geschlossene Tür:

»Sie müssen laut mit meinem Mann reden, der ist taub!«

»*Cu è?*«, fragte diesmal eine verärgerte Männerstimme.
»Ich bin Kommissar, öffnen Sie!«
Die Tür der Manganaros blieb zwar stur geschlossen, aber er hatte so laut gebrüllt, dass dafür die beiden anderen Türen auf dem Treppenabsatz aufgingen und zwei Zuschauer erschienen, in jeder Tür einer, ein etwa zehnjähriges Mädchen, das gerade ein Stück Gebäck verdrückte, und ein Mann um die fünfzig, im Unterhemd und mit einer Klappe über dem linken Auge.
»Sie müssen lauter sprechen, Manganaro ist taub!«, riet der Mann im Unterhemd freundlich.
Noch lauter? Er machte ein paar Übungen zur Lungenventilation, wie er es bei einem Champion im Apnoetauchen gesehen hatte, speicherte so viel Luft wie möglich und schrie:
»Polizei!«
Er hörte, wie die Türen im oberen und die Türen im unteren Stock gleichzeitig aufgingen und aufgeregte Stimmen fragten:
»Was gibt's? Was ist los? Was ist passiert?«
Sehr langsam ging die Tür der Manganaros auf, und ein Papagei erschien. Zumindest war das der erste Eindruck, den der Commissario hatte. Sehr lange gelbe Nase, violette Wangenknochen, große schwarze Augen, ein paar zerzauste rote Haare auf dem Kopf, giftgrünes Hemd.
»Kommen Sie herein«, flüsterte der Papagei. »Aber seien Sie leise, meine Tochter schläft, sie ist krank.«

Er führte den Commissario in ein unpassend schwedisch eingerichtetes Wohnzimmer. Auf einem Ständer saß Signor Manganaros Zwillingsbruder, der wenigstens so ehrlich war und ein Vogel blieb und sich nicht als Mensch ausgab. Manganaros Frau, eine Art Spatz, der versehentlich oder in böser Absicht eine Ladung Schrot abgekriegt hatte und das linke Bein nachzog, kam mit einem Tässchen Espresso auf einem winzigen Tablett herein, das sie kaum halten konnte.

»Zucker ist schon drin«, sagte sie und machte es sich auf dem kleinen Sofa bequem.

Ihre Neugier fraß sie sichtlich bei lebendigem Leib auf. Die Signora hatte wohl nicht viel Gelegenheit, sich zu amüsieren, und jetzt machte sie sich bereit für's Vergnügen.

Na dann, dachte Montalbano. Was für eine Vogeltochter mag bei der Kreuzung zwischen einem Papagei und einem Spatz wohl herauskommen?

»Ich habe Michela Bescheid gesagt. Sie steht gerade auf und kommt gleich«, piepste der Spatz.

Und wo hatte sie ihre Stimme hergehabt, als sie ihren Mann rief?, fragte sich Montalbano. Und erinnerte sich, in einem Reisebuch gelesen zu haben, dass es winzige Vögelchen gibt, die einen dem Geheul einer Sirene ähnlichen Schrei ausstoßen können. Die Signora musste zu dieser Art gehören.

Der Kaffee war so süß, dass es dem Commissario den Mund zusammenzog. Zuerst sprach der Papagei, der in Menschenkleidern.

»Ich weiß, warum Sie mit meiner Tochter reden wollen. Wegen Ragioniere Gargano, diesem Scheißkerl. Stimmt's?«

»Ja«, schrie Montalbano. »Sind Sie auch ein Opfer des betrügerischen …«

»Tiè!«, sagte der Mann und schlug dabei mit der linken Hand auf den rechten Unterarm, den er vorgestreckt hatte.

»Filì!«, tadelte ihn seine Frau mit ihrer zweiten Stimme, der vom Jüngsten Gericht.

Die Fensterscheiben klirrten.

»Halten Sie Filippo Manganaro für so blöd, dass er Gargano ins Netz geht? Wo ich nicht mal wollte, dass meine Tochter bei diesem Betrüger arbeitet!«

»Kannten Sie Gargano schon vorher?«

»Nein. Das war auch nicht nötig, weil die Banken, die Banker, die von der Börse, eben alle, die mit Geld zu tun haben, sowieso nur Betrüger sein können. Das liegt in der Natur der Sache, *signore mio*. Wenn Sie wollen, erklär ich Ihnen das. Haben Sie zufällig mal ein Buch gelesen, das *Das Kapital* von Marx heißt?«

»Reingeschaut«, sagte Montalbano. »Sind Sie Kommunist?«

»Schieß los, Turì!«

Der Commissario hatte die Antwort nicht verstanden und sah ihn fragend an. Wer sollte denn dieser Turì sein? Er wusste es einen Augenblick später, als sich der echte Papageienzwilling, der anscheinend Turì hieß, räusperte und die Internationale anstimmte. Er sang sie wirklich gut, und Montalbano spürte, wie eine Welle der Nostalgie in ihm hochstieg. Er wollte dem Lehrer schon ein Kompliment machen, als Michela in der Tür erschien. Montalbano staunte, als er sie sah. Alles hatte er erwartet, aber nicht diese ziemlich große, kräftige junge Frau, dunkelhaarig mit veilchenblauen Augen und von der Erkältung leicht geröteter Nase, schön und voller Leben, in einem kurzen Rock bis halb über die wohl gerundeten Schenkel und einem weißen Blüschen, in das der Busen, der nicht in einen Büstenhalter eingepfercht war, mit knapper Not hineinpasste. Ein schneller, boshafter Gedanke, wie wenn eine Viper durchs Gras huscht, ging Montalbano durch den Kopf. Bestimmt hatte der schöne Gargano mit einem solchen Mädchen seinen Spaß gehabt, oder zumindest hatte er es versucht.

»Bitte, zu Ihrer Verfügung.«

Zu Ihrer Verfügung? Ihre tiefe und ein bisschen heisere Stimme klang nach Marlene Dietrich, und Montalbano wurde es so anders, dass er sich zusammennehmen musste, nicht wie der Professor im *Blauen Engel* zu krähen. Das Mädchen setzte sich und zog dabei den Rock so weit wie möglich Richtung Knie, zerknirscht, Blick gesenkt, eine Hand auf einem Bein, die andere auf der Armlehne. Die

Pose der braven Tochter aus gutem Hause, fleißig und ehrlich. Der Commissario fand seine Sprache wieder.
»Es tut mir Leid, dass Sie aufstehen mussten.«
»Ist schon gut.«
»Ich möchte Ihnen einige Fragen stellen über Ragioniere Gargano und die Agentur, in der Sie gearbeitet haben.«
»Bitte sehr. Aber Sie müssen wissen, dass mich schon einer aus Ihrem Kommissariat befragt hat. Dottor Augello, glaube ich. Unter uns gesagt, schien er sich allerdings viel mehr für etwas anderes zu interessieren.«
»Für etwas anderes?«
Während er das fragte, bereute er es schon. Er hatte verstanden. Und stellte sich die Szene vor: Mimì, der ihr eine Frage nach der anderen stellte, und unterdessen zog sein Blick ihr langsam Bluse, Büstenhalter (wenn sie an jenem Tag einen anhatte), Rock und Slip aus. Wie hätte Mimì einer solchen Schönheit auch widerstehen können! Montalbano dachte an die Braut, an Beatrice, wie viele bittere Pillen würde die Ärmste schlucken müssen! Das Mädchen gab keine Antwort, sie begriff, dass der Commissario begriffen hatte. Und sie lächelte, besser gesagt, sie ließ ein Lächeln ahnen, denn sie hielt den Kopf gesenkt, wie es sich einem Fremden gegenüber gehört. Zufrieden betrachteten der Papagei und der Spatz ihr Geschöpf.
Da hob das Mädchen die veilchenblauen Augen und sah den Commissario wie in Erwartung der Fragen an. In

Wirklichkeit sprach sie zu ihm, deutlich sagte sie ohne Worte:
Vertu hier nicht deine Zeit. Ich kann nicht sprechen. Warte unten auf mich.
Botschaft angekommen, sagten Montalbanos Augen.
Der Commissario beschloss, keine Zeit mehr zu verlieren. Er gab sich erstaunt und verlegen.
»Sie wurden tatsächlich schon befragt? Und alles ist zu Protokoll genommen?«
»Natürlich.«
»Wieso habe ich nichts vorgefunden?«
»Keine Ahnung. Fragen Sie Dottor Augello, der nicht nur ein Angeber ist, sondern derzeit wegen seiner Heirat mit dem Kopf auch ganz woanders.«
Da ging ihm ein Licht auf. Was ihn gewarnt hatte, war der »Angeber«, der ersetzte in Gegenwart der altmodischen Eltern natürlich das Wort »Arschloch«, das weitaus prägnanter war, wie das in der Literaturkritik früher hieß. Und absolute Gewissheit hatte er gleich darauf. Bestimmt hatte sich die junge Frau Mimì hingegeben (so drückt man sich in Gegenwart altmodischer Eltern aus), und Mimì hatte sie, nachdem er ihr beigewohnt hatte, darüber aufgeklärt, dass er verlobt war und demnächst heiratete, und ihr den Laufpass gegeben.
Er stand auf. Alle standen auf.
»Tut mir wirklich sehr Leid«, sagte er.

Alle zeigten sich verständnisvoll.
»So was kommt vor«, sagte der Papagei.
Eine kleine Prozession formierte sich. Das Mädchen vorn, hinter ihr der Commissario, dann der Vater und dahinter die Mutter. Mit Blick auf den wogenden Gang vor sich schickte Montalbano einen neidgelben Gedanken an Mimì.
Die junge Frau öffnete die Tür und gab ihm die Hand.
»Freut mich, dass wir uns kennen gelernt haben«, sagte sie mit den Lippen. Und mit den Augen: Warte auf mich.

Er wartete über eine halbe Stunde, das Minimum an Zeit, das Michela brauchte, um sich gehörig aufzuputzen und die Rötung ihrer hübschen Nase verschwinden zu lassen. Als Montalbano sah, wie sie in der Haustür erschien und sich umblickte, hupte er kurz und öffnete die Autotür. Die junge Frau ging mit gleichgültiger Miene langsam auf den Wagen zu, aber als sie an der Tür angekommen war, stieg sie ganz schnell ein, zog die Tür zu und sagte:
»Weg hier.«
Montalbano konnte noch feststellen, dass Michela vergessen hatte, einen Büstenhalter anzuziehen, dann legte er den Gang ein und fuhr los.
»Das war ein Kampf, meine Eltern wollten mich nicht gehen lassen, sie befürchten einen Rückfall«, sagte das Mädchen. Und dann fragte sie:
»Wo können wir reden?«

»Wollen Sie ins Kommissariat?«

»Und wenn ich diesen Arsch treffe?«

So wurden Montalbanos schlimmste (und schönste) Ahnungen auf einen Schlag bestätigt.

»Außerdem gefällt es mir im Kommissariat nicht«, fügte Michela hinzu.

»In eine Bar?«

»Sie scherzen wohl? Die Leute ziehen sowieso schon über mich her. Aber Ihretwegen besteht da keine Gefahr.«

»Wieso nicht?«

»Weil Sie mein Vater sein könnten.«

Ein Dolchstoß wäre ihm lieber gewesen. Das Auto kam leicht ins Schleudern.

»Treffer, versenkt«, stellte das Mädchen fest. »Diese Methode funktioniert ganz gut, um aufdringlichen alten Männern einen Dämpfer zu verpassen. Aber es kommt darauf an, wie man es sagt.«

Und sie wiederholte mit noch tieferer und heisererer Stimme:

»Sie könnten mein Vater sein.«

Sie verstand es, den ganzen Beigeschmack des Verbotenen, des Inzests in ihre Stimme zu legen.

Montalbano konnte nicht anders, als sie nackt neben sich zu sehen, auf dem Bett, schweißgebadet und keuchend. Dieses Mädchen war gefährlich, sie war nicht nur schön, sie war auch ein Luder.

»Also, wo fahren wir hin?«, fragte er streng.

»Wo wohnen Sie denn?«

'Nzamà, Signuri! Nie und nimmer! Da konnte er ebenso gut eine tickende Bombe mit nach Hause nehmen.

»Bei mir zu Hause sind Leute.«

»Verheiratet?«

»Nein. Könnten Sie sich mal entscheiden?«

»Vielleicht weiß ich was«, sagte Michela. »Fahren Sie die zweite Straße rechts.«

Der Commissario bog schnell in die zweite rechts ein. Es war eine jener seltenen Straßen, bei denen man gleich weiß, worauf sie hinauswollen: aufs offene Land. Sie zeigen es einem an den Häusern, die immer kleiner werden, bis sie nicht viel mehr als Würfel mit ein bisschen Grün außen herum sind, an den Strom- und Telegrafenmasten, die plötzlich nicht mehr in Reih und Glied stehen, am Straßenbelag, der allmählich dem Gras den Vortritt lässt. Dann hörten auch die weißen Würfel auf.

»Soll ich noch weiterfahren?«

»Ja. Gleich kommt links ein Feldweg, aber der ist gut in Schuss, Sie brauchen sich um ihr Auto nicht zu sorgen.«

Montalbano bog in den Weg ein und befand sich kurz darauf mitten in einem Wald, in dem Araukarien und Wildgräser wuchsen.

»Heute ist niemand da«, sagte das Mädchen, »weil kein

Wochenende ist. Sie müssten mal sehen, was samstags und sonntags hier los ist!«

»Kommen Sie oft hierher?«

»Gelegentlich.«

Montalbano kurbelte das Fenster herunter und griff nach der Zigarettenschachtel.

»Stört es Sie ...«

»Nein. Geben Sie mir auch eine.«

Sie rauchten schweigend. Als er seine Zigarette halb geraucht hatte, fing der Commissario an.

»Also, ich würde das System, das Gargano sich ausgedacht hat, gern besser verstehen.«

»Stellen Sie mir konkrete Fragen.«

»Wo wurde das Geld verwahrt, das Gargano den Leuten abgeknöpft hat?«

»Wissen Sie, manchmal brachte Gargano Schecks mit, und die hinterlegte entweder ich oder Mariastella oder Giacomo dann bei der hiesigen Filiale der Cassa di Credito. Das taten wir auch, wenn der Kunde selbst in die Agentur kam. Nach einer gewissen Zeit ließ Gargano sich die Beträge bei seiner Bank in Bologna gutschreiben. Aber wie wir erfahren haben, blieb das Geld auch dort nicht lange. Anscheinend kam es in die Schweiz und nach Liechtenstein, ich weiß nicht genau.«

»Warum?«

»Was für eine Frage! Weil Gargano es mit Spekulationen

gewinnbringend anlegen wollte. Zumindest dachten wir das.«

»Und was denken Sie jetzt?«

»Dass er die Kohle im Ausland gehortet hat, um alle zum richtigen Zeitpunkt aufs Kreuz zu legen.«

»Hat er Sie auch …«

»Aufs Kreuz gelegt? Nein, von mir hat er keine Lira bekommen. Auch wenn ich gewollt hätte, ich hätte es nicht gekonnt. Sie haben Papà doch kennen gelernt, oder? Aber er hat uns um zwei Monatsgehälter gebracht.«

»Darf ich Sie was Persönliches fragen?«

»Ja, klar.«

»Hat Gargano versucht, Sie ins Bett zu kriegen?«

Michela prustete los und wollte sich ausschütten vor Lachen, das Veilchenblau ihrer Augen wurde heller, weil es vor Tränen glitzerte. Montalbano wartete, bis sie sich beruhigt hatte, und fragte sich, was an seiner Frage so komisch war. Michela fing sich wieder.

»Offiziell machte er mir den Hof. Und der armen Mariastella auch. Mariastella war furchtbar eifersüchtig auf mich. Na ja, Pralinen und Blumen … Aber wenn ich eines Tages zu ihm gesagt hätte, ich sei bereit, mit ihm ins Bett zu gehen, wissen Sie, was dann passiert wäre?«

»Nein, sagen Sie's mir.«

»Er wäre in Ohnmacht gefallen. Gargano war schwul.«

Sechs

Der Commissario war sprachlos. Darauf wäre er im Traum nicht gekommen. Aber nach der anfänglichen Überraschung dachte er nach: War die Tatsache, dass Gargano homosexuell war, für den Ausgang der Ermittlungen von Bedeutung? Vielleicht ja, vielleicht nein, doch Mimì hatte ihm nichts davon gesagt.

»Sind Sie sicher? Hat er Ihnen das selbst gesagt?«

»Ich bin mehr als sicher, aber er hat es mir gegenüber nie erwähnt. Wir haben uns im Nu verstanden, auf den ersten Blick.«

»Haben Sie Dottor Augello von dieser … diesem Umstand, besser gesagt diesem Ihrem Eindruck berichtet?«

»Augello hat mir mit dem Mund Fragen gestellt, aber mit seinen Augen wollte er etwas anderes. Ehrlich gesagt weiß ich nicht mehr, ob ich diesem Arsch was davon gesagt habe.«

»Verzeihen Sie, aber warum sind Sie auf Augello so sauer?«

»Wissen Sie, Commissario, ich war mit Augello zusammen, weil er mir gefiel. Aber bevor ich seine Wohnung verließ, teilte er – nackt, Handtuch über dem Pimmel – mir mit, er sei verlobt und heirate demnächst. Hatte ihn jemand danach gefragt? Er war so erbärmlich, dass ich es bereut habe, dort gewesen zu sein, das ist alles. Ich würde ihn gern vergessen.«

»War Signorina Cosentino darüber im Bilde, dass Gargano …«

»Wissen Sie, Commissario, wenn Gargano sich plötzlich in ein grässliches Monster verwandelt hätte, was weiß ich, in Kafkas Ungeziefer, hätte sie voller Bewunderung vor ihm gestanden, versunken in ihrem Liebeswahn, und nichts gemerkt. Ich glaube auch nicht, dass die arme Mariastella Cosentino in der Lage ist, einen Hahn von einer Henne zu unterscheiden.«

Michela Manganaro steckte voller Überraschungen. Jetzt kam sie auch noch mit Kafkas Verwandlung an.

»Mögen Sie ihn?«

»Wen, Gargano?«

»Nein. Kafka.«

»Ich habe alles gelesen, vom *Prozess* bis zu den *Briefen an Milena*. Sind wir hier, um uns über Literatur zu unterhalten?«

Montalbano erwiderte nichts.

»Und Giacomo Pellegrino?«

»Klar, auch Giacomo hatte sofort verstanden, vielleicht ein bisschen eher als ich. Weil Giacomo es auch ist. Und bevor

Sie mich fragen, sage ich Ihnen gleich, dass ich das Mimí Augello ebenfalls nicht gesagt habe.«

Er auch? Hatte er recht verstanden? Er wollte eine Bestätigung.

»Er auch?«, fragte er.

Das war ihm im Ton einer sizilianischen Charakterkomödie über die Lippen gekommen, halb erstaunt, halb angeekelt, und er schämte sich, weil er das wirklich nicht beabsichtigt hatte.

»Er auch«, sagte Michela ohne jeden Unterton.

»Man könnte die Vermutung anstellen«, fing Montalbano vorsichtig an, als bewegte er sich auf minenverseuchtem Terrain, »aber es handelt sich um eine reine Vermutung, das möchte ich betonen, dass zwischen Giacomo und Gargano eine Beziehung bestand, die man als etwas...«

Das Mädchen riss die wunderschönen blauen Augen auf.

»Warum reden Sie jetzt so?«

»Entschuldigen Sie«, sagte der Commissario. »Ich habe mich falsch ausgedrückt. Ich wollte sagen...«

»Ich habe genau verstanden, was Sie sagen wollten. Und die Antwort ist: vielleicht, vielleicht auch nicht.«

»Das haben Sie auch gelesen?«

»Nein. Ich mag D'Annunzio nicht. Aber wenn ich, wie Sie das nennen, eine Vermutung anstellen müsste, würde ich eher ja als nein sagen.«

»Wie kommen Sie darauf?«

»Die Geschichte zwischen den beiden fing meiner Meinung nach fast sofort an. Manchmal sonderten sie sich ab, flüsterten miteinander...«

»Aber das heißt doch nichts! Sie können genauso gut über Geschäftliches gesprochen haben!«

»So wie die sich dabei in die Augen gesehen haben? Und dann gab es die Ja-Tage und die Nein-Tage.«

»Ich verstehe nicht.«

»Wie das für Verliebte eben typisch ist. Wenn das letzte Zusammensein gut war und sie sich dann wieder sehen, lächeln sie sich dauernd an und berühren sich flüchtig... Doch wenn es schief gegangen ist, wenn es Krach gegeben hat, dann ist Eiszeit und sie vermeiden Berührungen und Blicke. Wenn Gargano nach Vigàta kam, hielt er sich mindestens eine Woche dort auf, es war also genug Zeit für Ja-Tage und für Nein-Tage... Das wäre mir kaum entgangen.«

»Haben Sie eine Ahnung, wo sie sich treffen konnten?«

»Nein. Gargano war diskret. Und bei Giacomo wird Diskretion ebenfalls groß geschrieben.«

»Sagen Sie, haben Sie nach Garganos Verschwinden von Giacomo noch etwas gehört? Hat er geschrieben, angerufen, sich irgendwie gemeldet?«

»Das müssen Sie nicht mich fragen, sondern Mariastella, sie ist als Einzige im Büro geblieben. Ich habe mich dort nicht mehr blicken lassen, nachdem mir klar geworden war, dass es ein wild gewordener Kunde auch auf mich abgesehen haben könnte. Giacomo hat es ganz klug angestellt und sich an dem Morgen, an dem Gargano nicht erschien, auch nicht blicken lassen. Anscheinend hat er es geahnt.«

»Was geahnt?«

»Dass Gargano sich das Geld unter den Nagel gerissen hat. Commissario, Giacomo war der Einzige von uns, der etwas von Garganos Geschäften verstand. Wahrscheinlich ist er tags zuvor zur Bank, und dort hat man ihm gesagt, dass der Kapitaltransfer von Bologna nach Vigàta nicht stattgefunden hat. Da hat er wohl gedacht, dass etwas nicht geklappt hat, und ist nicht erschienen. Zumindest dachte ich das.«

»Und das war ein Irrtum, denn Giacomo ist, einen Tag bevor Gargano kommen sollte, nach Deutschland gereist.«

»Ach ja?«, fragte das Mädchen aufrichtig verblüfft. »Wozu denn das?«

»In Garganos Auftrag. Ein Aufenthalt von mindestens einem Monat. Er sollte bestimmte Geschäfte abwickeln.«

»Und woher wissen Sie das?«

»Von Giacomos Onkel, der den Hausbau überwacht.«

»Welchen Hausbau?«, fragte Michela verwirrt.

»Wussten Sie nicht, dass Giacomo zwischen Vigàta und Montelusa ein Haus gebaut hat?«

Michela legte ihren Kopf in die Hände.

»Was reden Sie da? Giacomo lebte von den zwei Millionen zweihunderttausend Lire Gehalt! Das weiß ich ganz bestimmt!«

»Aber vielleicht haben seine Eltern...«

»Seine Eltern sind aus Vizzini und ernähren sich vom Löwenzahn in ihrem Garten! Commissario, was Sie da erzählen, kann nicht stimmen. Gargano hat Giacomo zwar ab und zu losgeschickt, damit er bestimmte Fragen klärte, aber dann ging es immer um kleine Probleme in unseren Agenturen in der Provinz. Ich glaube nicht, dass er ihn wegen wichtiger Geschäfte nach Deutschland geschickt hätte. Ich habe zwar gesagt, dass Giacomo mehr davon verstand als wir, aber er war bestimmt nicht fit genug, um international zu agieren. Er ist weder alt genug...«

»Wie alt ist er?«, unterbrach Montalbano sie.

»Fünfundzwanzig. Noch hat er die Erfahrung. Nein, ich bin überzeugt, dass er seinem Onkel mit dieser Geschichte gekommen ist, weil er eine Zeit lang verschwinden wollte. Wild gewordene Kunden hätte er nicht ertragen.«

»Und da taucht er für einen ganzen Monat ab?«

»Keine Ahnung, ich weiß nicht, was ich denken soll«, sagte Michela. »Geben Sie mir eine Zigarette.«

Montalbano gab ihr eine Zigarette und Feuer. Das Mädchen rauchte in kurzen Zügen, ohne den Mund zu öffnen,

nervös. Montalbano hatte auch keine Lust zu reden, er überließ sein Hirn dem Leerlauf.
Als sie fertig geraucht hatte, sagte Michela mit ihrer Marlenen-Stimme (oder Garbo-Synchron-Stimme?):
»Ich habe Kopfschmerzen.«
Sie versuchte das Fenster herunterzukurbeln, schaffte es aber nicht.
»Lassen Sie mich das machen«, sagte Montalbano. »Es klemmt manchmal.«
Er beugte sich über das Mädchen und begriff zu spät, dass das ein Fehler gewesen war.
Michela schlang plötzlich die Arme um seinen Hals. Montalbano machte erstaunt den Mund auf. Und das war der zweite Fehler. Michelas Mund bemächtigte sich des anderen Mundes, der halb geöffnet war, und machte sich mit der Zunge an eine gewissenhafte Erforschung. Montalbano gab sich einen Augenblick lang hin, dann fing er sich wieder und löste sich in einem schmerzlichen Manöver von ihr.
»Ganz ruhig«, befahl er.
»Ja, Papà«, sagte Michela mit einem amüsierten Blitzen in den veilchenblauen Augen. Er ließ den Motor an, legte den Gang ein und fuhr los.
Doch mit »ganz ruhig« hatte Montalbano nicht das Mädchen gemeint. Er hatte jenen Teil seines Körpers gemeint, der, so ermuntert, nicht nur prompt geantwortet, sondern

auch mit schallender Stimme eine patriotische Hymne angestimmt hatte: »*Si scopron le tombe, si levano i morti*...«

»Allerheiligste Maria, Dottori! Heilige Maria, ich bin vielleicht erschrocken! Ich tu immer noch zittern, Dottori! Schauen Sie meine Hand an. Sehen Sie, wie ich zitter?«

»Ich seh's. Was ist denn passiert?«

»Der Signori und Questori hat selber persönlich angerufen und nach Ihnen gefragt. Ich hab gesagt, dass Sie jetzt im Moment nicht da sind, und dass wenn Sie wieder da wären, dass ich Ihnen dann gleich sagen würde, dass er Sie sprechen will. Aber er, also ich meine den Signori und Quistori, der hat mich gefragt, ob sonst ein Vorsitzender da wär.«

»Vorgesetzter, Catarè.«

»Ist doch egal, Dottori, Hauptsache, man versteht's. Da hab ich zu ihm gesagt, dass der Dottori Augello jetzt dann heiratet und schon Urlaub hat. Wissen Sie, was der Signori und Quistori da gesagt hat? ›Das ist mir scheißegal!‹ Genau das hat er gesagt, Dottori! Und dann hab ich gesagt, dass kein anderer Vorsitzender da wär, weil Fazio auch weg war. Und dann hat er mich gefragt, wie ich heiße, und ich hab gesagt, Catarella. Und dann hat er gesagt: ›Hör zu, Santarella‹, und dann war ich so frei und hab ihn verbessert und hab gesagt ›Catarella heiße ich‹. Und wissen Sie, was der Signori und Quistori da zu mir gesagt hat? ›Es ist mir scheißegal, wie du heißt.‹ Genau so. Der war auf hundertachtzig!«

»Catarè, jetzt sag schon, was er wollte.«

»Er hat gesagt, dass ich Ihnen sagen soll, dass Sie vierundzwanzig Stunden Zeit haben, dass Sie ihm die Antwort geben, Sie täten schon wissen, welche.«

Am folgenden Tag würde der Signori und Quistori, falls die Post mitspielte, den pseudoanonymen Brief bekommen und sich wieder beruhigen.

»Gibt's sonst was Neues?«

»Nichts, überhaupt nichts, Dottori!«

»Wo sind die anderen?«

»Fazio ist in der Via Lincoln, da war eine Schlägerei, Gallo ist beim Sciacchitano im Laden, weil da ein kleiner Diebstahl war...«

»Was meinst du mit ›klein‹?«

»Weil der Dieb ein dreizehnjähriger Bub ist, mit einem echten Revolver, der war so groß wie mein Arm. Und Galluzzo ist da, wo heute früh jemand eine Bombe gefunden hat, die nicht hochgegangen ist, und Imbrò und Gramaglia sind beim...«

»Schon gut, schon gut«, sagte Montalbano. »Du hast Recht, Catarè, im Westen nichts Neues.«

Er ging in sein Zimmer, während Catarella ratlos aus dem Fenster sah.

»Dottori, wie meinen Sie das, ist denn im Osten was los?«

Fazio hatte ihm anderthalb Meter Akten zum Unterschreiben auf den Tisch geladen, darauf ein Zettel: sehr dringend. Er fluchte, er wusste, dass er nicht darum herumkam.

Als er an seinem Stammplatz in der Trattoria »San Calogero« saß, kam der Besitzer, Calogero, mit verschwörerischer Miene zu ihm.

»Dottore, ich hätte *nunnatu.*«

»Ist es denn nicht verboten, sie zu fischen?«

»*Sissi*, aber ab und zu wird es genehmigt, eine Kiste pro Boot zu fischen.«

»Warum redest du dann so, als wäre es eine Verschwörung?«

»Weil jeder sie will und ich nicht so viele habe.«

»Wie machst du sie? Mit Zitrone?«

»Nein, Dottore. Sterben müssen die *nunnatu* als Frikadellen in der Pfanne.«

Er wartete eine ganze Weile, aber es lohnte sich. Die Frikadellen, flach und knusprig, waren mit Hunderten von schwarzen Pünktchen gesprenkelt: den Augen der winzigen, frisch geschlüpften Fischchen. Montalbano aß sie andächtig, obwohl er wusste, dass er etwas hinunterschluckte, das einem Massenmord, einer Vernichtung gleichkam. Um sich selbst zu bestrafen, wollte er weiter nichts essen. Als er die Trattoria verließ, meldete sich, was ab und zu vorkam, die sehr lästige Stimme seines Gewissens.

»Um dich selbst zu bestrafen, hast du gesagt? Du bist vielleicht scheinheilig, Montalbà! Befürchtest du nicht eher Verdauungsprobleme? Weißt du, wie viele Frikadellen du verdrückt hast? Achtzehn!«
Vorsichtshalber ging er an den Hafen, lief bis zum Leuchtturm und stärkte sich an der Meeresluft.

»Fazio, was meinst du, auf wie viele Arten man vom Kontinent nach Sizilien gelangen kann?«
»Dottore, das geht so: mit dem Auto, mit dem Zug, mit dem Schiff, mit dem Flugzeug. Oder zu Fuß, wenn man will.«
»Fazio, ich mag das nicht, wenn du einen auf witzig machst.«
»Das war kein Witz. Im letzten Krieg ist mein Vater zu Fuß von Bozen nach Palermo gelaufen.«
»Haben wir irgendwo das Kennzeichen von Garganos Auto?«
Fazio sah ihn überrascht an.
»Hat sich nicht Dottor Augello um die Geschichte gekümmert?«
»Jetzt kümmere ich mich darum. Hast du was dagegen?«
»Warum sollte ich? Dann schaue ich jetzt in Dottor Augellos Unterlagen nach. Halt, nein, ich rufe ihn an. Wenn der mitkriegt, dass ich in seinen Sachen gekramt habe, erschießt er mich womöglich. Haben Sie die Akten hier unterschrieben? Ja? Dann nehme ich sie mit und bring noch mehr.«

»Wenn du mir noch mehr Zeug zum Unterschreiben bringst, füttere ich dich mit jedem Blatt einzeln.«
In der Tür blieb Fazio, die Arme mit Akten beladen, stehen und wandte sich um. »Wenn Sie erlauben, Dottore, Sie verlieren nur Ihre Zeit mit Gargano. Wollen Sie wissen, was ich denke?«
»Nein, aber wenn's sein muss, dann erzähl.«
»Heilige Maria, sind Sie heute unleidlich! Was ist, macht Ihnen das Mittagessen zu schaffen?«
Und er ging verärgert hinaus, ohne zu verraten, was er über Gargano dachte. Keine fünf Minuten später schlug die Tür gegen die Wand, und ein bisschen Putz bröckelte herunter. Catarella kam herein, auf den Armen gut einen Meter Unterlagen, sein Gesicht war nicht zu sehen.
»Entschuldigen Sie, Dottori, ich musste die Tür mit dem Fuß aufdrücken, weil meine Arme belegt sind.«
»Stehen bleiben!«
Catarella bremste.
»Was ist das?«
»Sachen zum Unterschreiben, Dottori. Fazio hat sie mir gerade gegeben.«
»Ich zähl bis drei. Wenn du dann nicht verschwunden bist, erschieß ich dich.«
Catarella stöhnte erschrocken und trat folgsam den Rückzug an. Ein kleiner Racheakt von Fazio, der beleidigt war.

Gut eine halbe Stunde verging, ohne dass Fazio aufgetaucht wäre. War er nach der Rache zum Boykott übergegangen?

»Fazio!«

Fazio kam mit sehr ernstem Gesicht an.

»Ja bitte, Dottore?«

»Ist es noch nicht vorbei? Bist du so sauer?«

»Weshalb sollte ich sauer sein?«

»Weil ich nicht hören wollte, was du denkst. Komm, sag schon.«

»Jetzt mag ich nicht mehr.«

Kriminalkommissariat Vigàta oder Montessori-Kindergarten? Wenn er ihm eine rote Muschel oder einen Knopf mit drei Löchern gab, würde Fazio dann reden? Am besten machte man einfach weiter.

»Also, das Kennzeichen?«

»Ich erreiche Dottor Augello nicht, auch am Handy meldet er sich nicht.«

»Schau in seinen Unterlagen nach.«

»Ermächtigen Sie mich dazu?«

»Ich ermächtige dich dazu. Geh schon.«

»Nicht nötig. Ich hab's in der Jackentasche.«

Er holte einen Zettel hervor und reichte ihn Montalbano, der ihn nicht nahm.

»Wo hast du es her?«

»Ich hab in die Unterlagen von Dottor Augello geschaut.«

Montalbano hätte ihm am liebsten rechts und links eine gescheuert. Wenn Fazio es darauf anlegte, konnte er einen Waschlappen in Rage bringen.

»Jetzt schau noch mal in Augellos Unterlagen, ich will genau wissen, an welchem Tag Gargano erwartet wurde.«

»Gargano hätte am 1. September hier sein müssen«, sagte Fazio prompt. »Die Rendite war auszuzahlen, um neun Uhr morgens warteten schon an die zwanzig Leute auf ihn.«

Montalbano begriff, dass Fazio in der halben Stunde, in der er sich nicht hatte blicken lassen, in die Lektüre von Augellos Akten vertieft gewesen war. Er war ein richtiger Polizist, jetzt wusste er alles über den Fall.

»Aber warum standen sie an? Zahlte er bar?«

»*Nonsi*, Dottore. Mit Schecks, mit Gutschriften, mit Überweisungen. Die Leute, die anstanden, waren alt, Rentner, es war ihnen ein Vergnügen, den Scheck aus Garganos Händen entgegenzunehmen.«

»Heute ist der 5. Oktober. Man weiß also seit fünfunddreißig Tagen nichts von ihm.«

»Nein, Dottore. Die Sekretärin in Bologna hat gesagt, dass sie ihn am 28. August zum letzten Mal gesehen hat. Bei der Gelegenheit hat Gargano zu ihr gesagt, er würde am nächsten Tag, also am Neunundzwanzigsten, abreisen. Da der Monat einunddreißig Tage hat, ist Ragioniere Gargano seit achtunddreißig Tagen verschwunden.«

Der Commissario sah auf die Uhr, griff zum Telefon und wählte eine Nummer. *»Pronto?«*

Mariastella Cosentino saß in dem menschenleeren Büro und hatte beim ersten Klingelton mit hoffnungsvoller Stimme abgenommen. Bestimmt träumte sie davon, dass eines Tages das Telefon klingelte und am anderen Ende die warme, verführerische Stimme ihres geliebten Chefs erklang.

»Hier ist Montalbano.«

»Ah.«

Die Enttäuschung der Frau nahm Gestalt an, schlüpfte in das Kabel, sauste hindurch und bohrte sich dem Commissario in Form eines gräßlichen Juckreizes ins Ohr.

»Ich bräuchte eine Auskunft, Signorina. Wie reiste der Ragioniere hier in Vigàta an?«

»Mit dem Auto. Mit seinem Auto.«

»Ich muss mich genauer ausdrücken. Fuhr er von Bologna bis hierher mit dem Auto?«

»Nein, natürlich nicht. Ich habe ihm ja immer die Rückfahrkarte besorgt. Er nahm die Autofähre Palermo-Neapel, und für ihn buchte ich eine Einzelkabine.«

Er dankte, legte auf und sah Fazio an.

»Jetzt erklär ich dir, was du zu tun hast.«

Sieben

Als er die Haustür öffnete, sah er, dass Adelina ein bisschen Zeit gefunden haben musste und zum Aufräumen gekommen war, denn alles war in Ordnung, die Bücher abgestaubt, der Fußboden blitzblank. Aber es war nicht seine Haushälterin gewesen, auf dem Küchentisch lag ein Zettel: »Totori, ich schik inen meine Nichte Cuncetta zum helfen die ist ein ordentliches und fleisiges Medchen und macht inen auch was zum esen ich kom übermorgen wieder.« Concetta hatte die Waschmaschine geleert und alles auf den Wäscheständer gehängt. Montalbano zog es das Herz zusammen, als er den Pullover hängen sah, den Livia ihm geschenkt hatte und der auf die Größe eines Zehnjährigen geschrumpft war. Er war eingelaufen, Montalbano hatte nicht bedacht, dass dieses Kleidungsstück bei einer anderen Temperatur als die übrige Wäsche gewaschen werden musste. Panik ergriff ihn, er musste ihn sofort verschwinden lassen, und zwar spurlos. Die einzige Chance war, ihn zu verbrennen, einzuäschern. Er nahm ihn ab, aber er war noch zu feucht. Was tun? Ja, genau: ein tiefes Loch in den Sand graben und das Corpus Delicti verbuddeln. Und zwar jetzt, wo es dunkle Nacht war, er musste vorgehen wie ein Mörder. Er wollte gerade die Glastür öffnen, die auf die Veranda hinausführte, als das Telefon klingelte.

»*Pronto?*«

»*Ciao*, Liebling, wie geht's?«

Livia war dran. Es war absurd, aber da er sich auf frischer Tat ertappt fühlte, stieß er einen leisen Schrei aus, ließ den verfluchten Pullover fallen und versuchte, ihn mit dem Fuß unter den Tisch zu schieben.

»Was ist denn mit dir los?«, fragte Livia eindringlich.

»Nichts, ich habe mich an der Zigarette verbrannt. War dein freier Tag schön?«

»Wunderbar, das war aber auch nötig. Und du? Gibt's was Neues?«

»Das Übliche.«

Weiß der Himmel, warum, sie waren immer irgendwie verlegen, genierten sich, ein Gespräch anzufangen.

»Wie vereinbart, bin ich übermorgen da.«

Da? Was hieß »da«? Kam Livia nach Vigàta? Warum denn? Er war glücklich darüber, klar, aber von welcher Vereinbarung sprach sie? Er musste nicht nachfragen, schließlich kannte Livia ihn.

»Natürlich hast du vergessen, dass wir vor vierzehn Tagen dieses Datum ausgemacht haben. Wir haben gesagt: lieber zwei Tage früher.«

»Livia, sei nicht sauer, ich bitte dich, verlier nicht die Geduld, aber …«

»Bei dir würde sogar ein Engel die Geduld verlieren.«

O Gott, nein! Diese Plattheiten! Ein Lotterleben führen, wie ein Scheunendrescher fressen, das Fell des Bären verkaufen, bevor man ihn hat, mit der unverständlichen Variante: Wer vorher rechnet, muss zweimal rechnen!

»Bitte, Livia, rede nicht so mit mir!«

»Entschuldige, mein Lieber, aber ich rede wie alle normalen Leute.«

»Dann wäre ich deines Erachtens also nicht normal?«

»Vergiss es, Salvo. Wir hatten ausgemacht, dass ich zwei Tage vor Mimìs Hochzeit komme. Hast du die auch vergessen? Mimìs Hochzeit?«

»Ja, ich geb's zu. Fazio musste mich sogar daran erinnern, dass Mimì schon frei hat. Wie merkwürdig.«

»Ich finde das nicht merkwürdig«, sagte Livia mit einer Stimme, in der sich hörbar Packeis bildete.

»Nein? Wieso nicht?«

»Weil du die Dinge nicht vergisst, sondern verdrängst. Das ist etwas anderes.«

Er wusste, dass er dieses Gespräch nicht lange durchhalten würde. Außer über Redensarten und Gemeinplätze ärgerte er sich über diese Anwandlungen handgestrickter Psychoanalyse, denen Livia sich oft und gern hingab. Einer Psychoanalyse wie in einem amerikanischen Film, wo einer zum Beispiel zweiundfünfzig Leute ermordet und man das Motiv dann daran festmacht, dass der Vater des Massenmörders ihm als Kind eines Tages die Marmelade verweigert hat.

»Was glaubt ihr denn, du und deine Freunde Freud und Jung, was ich verdränge?«

Er hörte am anderen Ende der Leitung ein höhnisches kleines Lachen.

»Die Idee des Heiratens an sich«, erklärte Livia.

Eisbären zogen ihre Kreise auf dem Packeis der Stimme. Was tun? Böse reagieren und sich mit ihr anlegen? Oder Unterwürfigkeit heucheln, Nachgiebigkeit, gute Stimmung? Aus taktischen Erwägungen entschied er sich für letzteren Weg.

»Vielleicht hast du Recht«, sagte er mit reumütiger Stimme.

Es stellte sich als der richtige, der entwaffnende Schachzug heraus.

»Lassen wir dieses Thema«, sagte Livia großherzig.

»O nein! Jetzt reden wir darüber«, erwiderte Montalbano, der nun wusste, dass er sich auf sicherem Terrain bewegte.

»Jetzt? Am Telefon? Lass uns in Ruhe darüber reden, wenn ich in Marinella bin.«

»Einverstanden. Denk dran, wir müssen noch ein Hochzeitsgeschenk aussuchen.«

»Also hör mal!«, rief Livia lachend.
»Willst du ihm nichts schenken?«, fragte Montalbano erstaunt.
»Das Geschenk habe ich schon gekauft und geschickt! Denkst du, ich würde das bis zum letzten Tag hinausschieben? Ich habe eine Kleinigkeit gekauft, die Mimì bestimmt gefallen wird. Ich kenne seinen Geschmack.«
Da war er wieder, der zuverlässige Stachel der Eifersucht, vollkommen irrational, aber allzeit einsatzbereit.
»Ich weiß, dass du Mimìs Geschmack sehr gut kennst.«
Er konnte nichts machen, der Hieb hatte sich von selbst ausgeführt. Eine kleine Pause vonseiten Livias, dann die Parade.
»Schwachkopf.«
Noch ein Ausfall:
»Du hast natürlich an Mimìs und nicht an Beatrices Geschmack gedacht.«
»Mit Beba habe ich mich am Telefon beraten.«
Montalbano wusste nicht, auf welches Terrain er das Duell noch verlagern sollte. Denn in letzter Zeit boten ihre Telefongespräche vor allem Gelegenheit und Vorwand für Auseinandersetzungen und Gezänk. Und dabei berührten diese Reibereien nicht die unveränderte Intensität ihrer Beziehung. Woher kam es dann, dass sie am Telefon durchschnittlich bei jedem vierten Satz zankten? Vielleicht, sagte sich der Commissario, liegt es an der Entfernung, die mit jedem Tag schwerer zu ertragen ist, denn wenn

man älter wird – tja, hin und wieder muss man der Wahrheit schon ins Auge sehen und auch die entsprechenden Wörter benutzen –, spürt man immer stärker das Bedürfnis, den Menschen, den man am meisten liebt, bei sich zu haben. Während er so vor sich hin dachte (und der Gedanke gefiel ihm, weil er beruhigend und banal war wie die Sprüche in den *Baci Perugina*), holte er den Pullover unter dem Tisch hervor, stopfte ihn in eine Plastiktüte und öffnete den Schrank; beim Gestank der Mottenkugeln blieb ihm die Luft weg, er trat zurück, stieß dabei mit dem Fuß die Tür zu und warf die Tüte auf den Schrank. Vorläufig konnte er dort bleiben, er würde ihn vergraben, bevor Livia kam.

Er öffnete den Kühlschrank und fand nichts Besonderes, ein Glas Oliven, eines mit Anchovis und ein bisschen *tumazzo*. Doch seine Zuversicht kehrte wieder, als er den Backofen aufmachte: Concetta hatte *patati cunsati* hergerichtet, ein schlichtes Kartoffelgericht, das nichts sein konnte und alles, je nachdem, welche Hand die Zutaten dosierte und Zwiebeln mit Kapern, Oliven mit Essig und Zucker, Salz mit Pfeffer in Wechselwirkung brachte. Beim ersten Bissen wusste er, dass Concetta eine meisterhafte junge Köchin war, würdige Schülerin ihrer Tante Adelina. Als er die üppige Portion *patati cunsati* verspeist hatte, aß er Brot und *tumazzo*, nicht weil er noch Hunger hatte, sondern aus reiner Gier. Er erinnerte sich, dass er schon als Kind ein Leckermaul und gefräßig gewesen war, sodass sein Vater ihn *liccu cannarutu* nannte, und das heißt gefräßiges Leckermaul. Bei dieser Erinnerung wollte ihn schon Rührung überkommen, doch der gebot er mithilfe von etwas Whisky pur verwegen Einhalt. Er machte sich fertig, um schlafen zu gehen. Aber vorher wollte er noch etwas zum Lesen heraussuchen. Er konnte sich nicht entscheiden zwischen dem letzten Buch von Tabucchi und einem alten Roman von Simenon, den er nie gelesen hatte. Er streckte die Hand gerade nach Tabucchi aus, als das Telefon klingelte. Drangehen oder nicht drangehen, das ist die Frage. Er schämte sich dermaßen für diesen Schwachsinn, dass er entschied dranzugehen, auch wenn er sich dann wieder furchtbar ärgern musste.

»Störe ich, Salvo? Hier ist Mimì.«

»Gar nicht.«

»Warst du auf dem Weg ins Bett?«

»Na ja, schon.«

»Bist du allein?«

»Wer soll denn hier sein?«

»Hast du fünf Minuten Zeit für mich?«

»Klar, red schon.«

»Nicht am Telefon.«

»Gut, dann komm.«

Mimì wollte bestimmt nichts Dienstliches mit ihm besprechen. Was dann? Was für Probleme konnte er haben? Hatte er sich vielleicht mit Beatrice gestritten? Ein böser Gedanke kam ihm: Wenn es sich um einen Krach mit seiner Braut handelte, würde er ihm sagen, er solle Livia anrufen. Verstanden er und Livia sich nicht wunderbar? Es klingelte an der Tür. Wer konnte das so spät sein?

Mimì sicher nicht, denn von Vigàta nach Marinella brauchte man mindestens zehn Minuten.

»Wer ist da?«

»Ich bin's, Mimì.«

Wie hatte er denn das gemacht? Dann begriff er. Mimì musste schon in der Nähe gewesen sein und hatte ihn mit dem Handy angerufen. Er öffnete, Augello kam herein, er sah blass und müde aus, ganz elend.

»Bist du krank?«, fragte Montalbano erschrocken.

»Jein.«

»Verdammt, was heißt ›jein‹?«

»Ich erklär's dir gleich. Kann ich einen Schluck Whisky ohne Eis haben?«, fragte Augello und setzte sich auf einen Stuhl am Tisch.

Der Commissario schenkte gerade den Whisky ein, als er plötzlich innehielt. Hatten er und Mimì genau die gleiche Szene nicht schon mal gehabt? Hatten sie nicht fast die gleichen Worte benutzt?

Augello leerte das Glas auf einen Zug, stand auf, holte sich noch mal Whisky und setzte sich wieder.

»Gesundheitlich geht's mir gut«, sagte er. »Das ist nicht das Problem.«

Das Problem ist, in der Politik, in der Wirtschaft, im Öffentlichen und im Privaten, seit einiger Zeit immer etwas anders, dachte Montalbano. Einer sagt: Es gibt zu viele Arbeitslose, und der Politiker, der gerade dran ist, antwortet: Wissen Sie, das ist nicht das Problem. Ein Mann fragt seine Frau: Stimmt es, dass du fremdgegangen bist?, und sie antwortet: Das ist nicht das Problem. Aber da er sich jetzt wieder genau an die Vorlage erinnern konnte, sagte er zu Mimì:

»Du willst nicht mehr heiraten.«

Mimì sah ihn verdattert an.

»Woher weißt du das?«

»Von niemandem, ich sehe es an deinen Augen, deinem Gesicht, deinem ganzen Ausdruck.«

»Es stimmt nicht genau. Die Angelegenheit ist komplexer.«

Die Komplexität der Angelegenheit durfte nicht fehlen, wenn das Problem schon ein anderes gewesen war. Was kam jetzt, dass die Sache geplatzt war oder das Gespräch fortgesetzt werden musste?

»Fakt ist«, fuhr Augello fort, »dass ich Beba furchtbar lieb habe, es macht mir Spaß, mit ihr zu schlafen, ich mag es, wie sie denkt, wie sie redet, wie sie sich kleidet, wie sie kocht...«

»Aber?«, unterbrach Montalbano ihn absichtlich.

Mimì befand sich auf einem langen und anstrengenden Weg: Die Liste der Eigenschaften einer Frau, in die ein Mann verliebt ist, könnte unerschöpflich sein, wie die Namen des Herrn.

»Aber ich möchte sie nicht heiraten.«

Montalbano sagte kein Wort, es gab bestimmt eine Fortsetzung.

»Besser gesagt, ich möchte sie schon heiraten, aber …«

Die Fortsetzung war gefolgt, aber sie hatte wiederum eine Fortsetzung.

»In manchen Nächten zähle ich die Stunden, die mich von der Hochzeit trennen.«

Gequälte Pause.

»Und in manchen Nächten würde ich am liebsten das nächstbeste Flugzeug nehmen und nach Burkina Faso abhauen.«

»Gibt's hier öfter Flüge nach Burkina Faso?«, fragte Montalbano mit Unschuldsmiene.

Mimì sprang auf, rot im Gesicht.

»Ich gehe. Ich bin doch nicht gekommen, um mich verarschen zu lassen.«

Montalbano drängte ihn, zu bleiben und zu reden. Und Mimì setzte zu einem langen Monolog an. Die Sache sei die, erklärte er, dass eine Nacht ein Hasen- und die Nacht darauf ein Löwenherz in ihm schlage. Er fühle sich gespalten, mal habe er Angst, Verpflichtungen einzugehen, die er nicht würde einhalten können, mal sehe er sich als glücklichen Vater von mindestens vier Kindern. Er könne sich nicht entschließen, er fürchte, in dem Augenblick, in dem er Ja sagen müsse, Reißaus zu nehmen und alles stehen und liegen zu lassen. Und wie sollte die arme Beba einen solchen Schlag aushalten? Wie beim letzten Mal tranken sie allen Whisky, der im Haus war. Augello war schon geschwächt von den vorhergegangenen Nächten und kippte zuerst um, erschöpft von dem dreistündigen Monolog: Er stand auf und verließ das Zimmer. Montalbano dachte, er sei ins Bad gegangen. Irrtum, Mimì hatte sich quer auf sein Bett geworfen und schnarchte. Der Commissario schimpfte, verfluchte ihn, legte sich aufs Sofa und schlief langsam ein.

Mit Kopfschmerzen wachte er auf, weil im Bad jemand sang. Wer konnte das sein? Plötzlich fiel ihm alles wieder ein. Er stand auf, ein einziger Schmerz, weil er so unbequem geschlafen hatte, und lief zum Bad: Mimì duschte und setzte alles unter Wasser. Aber das kümmerte ihn nicht, er schien glücklich zu sein. Was tun? Ihn mit einem Schlag ins Genick niederstrecken? Montalbano ging auf die Veranda, der Tag war ganz passabel. Er kehrte in die Küche zurück, machte Kaffee und trank eine Tasse. Mimì erschien, rasiert, äußerst munter und grinsend.

»Krieg ich auch einen?«

Montalbano gab keine Antwort, er wusste nicht, was ihm über die Lippen käme, wenn er den Mund aufmachte. Augello füllte seine Tasse halb mit Zucker auf, und dem Commissario wurde speiübel, der trank ja keinen Kaffee, sondern aß ihn als Marmelade.

Als er den Kaffee, oder was es auch war, getrunken hatte, sah Mimì ihn ernst an.

»Bitte vergiss, was ich dir heute Nacht erzählt habe. Ich bin fest entschlossen, Beba zu heiraten. So ein Schwachsinn fällt mir ab und zu ein und geht vorüber.«

»Glückwunsch und viele Söhne«, brummte Montalbano finster.

Als Augello gehen wollte, fügte er, diesmal mit klarer Stimme, hinzu: »Und mein Kompliment.«

Mimì drehte sich langsam um, vorsichtig, der Ton des Commissario war gewollt zweideutig gewesen.

»Dein Kompliment wofür?«

»Für deine Arbeit betreffs Gargano. Da fehlt's ja hinten und vorn.«

»Hast du in meine Unterlagen geschaut?«, fragte Augello sofort verärgert.

»Reg dich ab, ich bevorzuge lehrreichere Lektüre.«

»Hör zu, Salvo«, sagte Mimì, machte kehrt und setzte sich wieder hin. »Wie kann ich dir erklären, dass ich bei den Ermittlungen, und zwar zu einem sehr geringen Teil, nur mitgearbeitet habe? Alles liegt in Guarnottas Händen. Auch Bologna befasst sich mit der Angelegenheit. Auf mich brauchst du also nicht sauer zu sein, ich habe getan, worum ich gebeten wurde, Punkt aus.«

»Haben die gar keine Vorstellung, wo das Geld steckt?«

»Solange ich damit befasst war, wussten sie nicht, welchen Weg es genommen haben könnte. Du weißt doch, wie diese Leute agieren: Sie schleusen das Geld von einem Land zum anderen, von einer Bank zur nächsten, gründen Scheinfirmen, Off-shore-Gesellschaften und lauter so Zeug, und irgendwann bezweifelst du, dass diese Gelder je existiert haben.«

»Der Einzige, der weiß, wo sich die Beute jetzt befindet, wäre also Gargano?«

»Theoretisch müsste er der Einzige sein.«

»Was soll das heißen?«

»Na ja, wir können nicht ausschließen, dass er einen Komplizen hatte. Oder dass er jemand eingeweiht hat. Aber ich glaube nicht, dass er das getan hat.«

»Warum nicht?«

»Das passt nicht zu ihm, er hat den Mitarbeitern nicht getraut, er hat alles kontrolliert. Der Einzige, der ein Minimum an Selbständigkeit, kaum der Rede wert, hier in der Agentur in Vigàta hatte, war Giacomo Pellegrino, ich glaube, so heißt er. Das weiß ich von den beiden anderen Angestellten, ihn selbst konnte ich nicht befragen, weil er nach Deutschland gereist und noch nicht wieder zurück ist.«

»Von wem weißt du, dass er verreist ist?«
»Von seiner Vermieterin.«
»Seid ihr sicher, dass Gargano, freiwillig oder unfreiwillig, nicht aus unserer Gegend verschwunden ist?«
»Sieh mal, Salvo, für keinen Zug, kein Schiff und kein Flugzeug ist ein Fahrschein aufgetaucht, der seine Abreise wohin auch immer an den Tagen vor seinem Verschwinden belegen würde. Er könnte mit dem Auto gekommen sein, sagten wir uns. Er besaß eine Mautkarte für die Autobahn. Es gibt keine Bestätigung dafür, dass er sie benutzt hat. Paradoxerweise könnte es sein, dass Gargano Bologna gar nicht verlassen hat. Niemand hat sein Auto, das sofort auffällt, bei uns hier gesehen.«
Er sah auf die Uhr.
»Gibt's sonst noch was? Ich möchte nicht, dass Beba sich sorgt, wenn sie mich nicht erreicht.«
Montalbano, der wieder guter Laune war, stand diesmal auf und begleitete ihn an die Tür. Nicht weil Augello ihm mit seinen Ausführungen die Dinge klarer gemacht hätte. Sondern genau aus dem entgegengesetzten Grund: Die Kompliziertheit des Falles bescherte ihm eine Art Genugtuung, eine innere Freude, ähnlich derjenigen, die ein wahrer Jäger angesichts eines schlauen und geschickten Beutetieres empfindet.
Auf der Schwelle fragte Mimì:
»Sagst du mir, warum du so auf Gargano fixiert bist?«

»Nein. Das heißt: Vielleicht weiß ich es selber noch nicht genau. Apropos, weißt du, wie es François geht?«

»Gestern habe ich mit meiner Schwester gesprochen, sie hat gesagt, dass es ihnen gut geht. Du wirst sie alle auf der Hochzeit sehen. Wieso sagst du ›apropos‹? Was hat denn François mit Gargano zu tun?«

Zu langwierig und zu kompliziert, ihm seinen Schrecken bei dem schlimmen Gedanken zu erklären, dass das Geld des Jungen möglicherweise zusammen mit dem kriminellen Buchhalter verschwunden war. Und dass dieser Schrecken einer der Gründe dafür war, warum er sich in der ganzen Geschichte so engagierte.

»Habe ich ›apropos‹ gesagt? Keine Ahnung, ich weiß nicht, warum«, antwortete er dreist.

»Fazio, vergiss, was ich dir gestern gesagt habe. Mimì hat mir erklärt, dass sie ernsthaft Nachforschungen angestellt haben, du brauchst nicht noch mehr Zeit zu vertun. Außerdem hat kein Schwein Gargano hier in der Gegend gesehen.«

»Wie Sie wünschen, Dottore«, sagte Fazio.

Und blieb einfach vor dem Schreibtisch des Commissario stehen.

»Wolltest du mir was sagen?«

»Ach, ich habe in den Unterlagen von Dottor Augello ein Blatt gefunden. Die Aussage eines Zeugen, der Garganos

Alfa 166 in der Nacht vom 31. August auf den 1. September auf einer Landstraße gesehen haben will.«

Montalbano sprang vom Stuhl auf.

»Ja und?«

»Dottor Augello hat daneben notiert: ›nicht ernst zu nehmen‹. Und so war es dann auch.«

»Wieso denn das, Herrgott noch mal?«

»Weil der Mann Antonino Tommasino heißt.«

»Ist mir doch scheißegal, wie der heißt! Wichtig ist, dass …«

»Das darf Ihnen nicht scheißegal sein, Dottore. Vor zwei Jahren hat dieser Antonino Tommasino bei den *carrabinera* Anzeige erstattet, weil bei Puntasecca ein Seeungeheuer mit drei Köpfen aufgetaucht sein soll. Und letztes Jahr ist er in aller Herrgottsfrüh bei uns hier aufgekreuzt und hat geschrien, es wäre eine fliegende Untertasse gelandet. Denken Sie nur, Dottore, das hat er Catarella erzählt, Catarella war ganz fertig und hat auch angefangen zu schreien. Da war die Hölle los, Dottore.«

Acht

Seit einer Stunde unterschrieb er die Akten, die Fazio ihm, ein Machtwort sprechend (»Dottore, das müssen Sie unbedingt erledigen, Sie rühren sich hier nicht vom Fleck, bis Sie fertig sind!«) auf den Tisch gelegt hatte, als die Tür aufging und Augello hereinkam, ohne anzuklopfen. Er wirkte sehr aufgeregt.

»Die Hochzeit ist verschoben!«

Oje, seine innere Zerrissenheit musste bedenkliche Formen angenommen haben.

»Hast du's dir doch anders überlegt, wie die Gehörnten?«

»Nein, aber heute Morgen hat Beba einen Anruf aus Aidone bekommen, ihr Vater hatte einen Herzinfarkt. Ist wohl nicht so schlimm, aber Beba will ohne ihren Vater nicht heiraten, sie hängt sehr an ihm. Sie ist schon abgereist, ich fahre noch heute nach. Ich schätze, wenn alles gut geht, wird die Hochzeit um einen Monat verschoben. Was soll ich jetzt machen?«

Die Frage erstaunte Montalbano.

»Was meinst du damit?«

»Dass ich das nicht einen Monat lang durchhalte, eine Nacht liege ich wach und überlege, wie lange es noch hin ist bis zur Hochzeit, und die Nacht darauf überlege ich, wie ich da rauskomme. Vor den Altar trete ich entweder in Zwangsjacke oder mit zerrütteten Nerven.«

»Ich weiß, wie du deine Nerven schonen kannst. Du fährst jetzt nach Aidone, siehst, wie es dort läuft, dann kommst du zurück und nimmst deinen Dienst wieder auf.«

Er griff zum Telefon.

»Ich sage Livia Bescheid.«

»Nicht nötig. Ich habe sie schon angerufen«, sagte Augello und ging hinaus.

Montalbano wurde wütend vor Eifersucht. Wie bitte? Dein Schwiegervater in spe kippt um, deine Braut weint und jammert, die Hochzeit platzt, und du rufst als Erstes Livia an? Er schlug mit der Hand heftig auf die Akten, die sich über den Boden verteilten, stand auf, ging hinaus, fuhr zum Hafen und machte einen langen Beruhigungsspaziergang.

Er wusste nicht, warum, aber auf dem Weg zum Kommissariat überlegte er es sich anders und fuhr bei der »König Midas«-Agentur vorbei. Sie war geöffnet. Er drückte die Glastür auf und trat ein.

Sofort schnürte ihm ein Gefühl trister Verlassenheit die Kehle zu. In der Agentur brannte nur eine kleine Lampe, die ein Licht wie bei einer Totenwache verbreitete. Mariastella Cosentino saß regungslos hinter dem Schalter und starrte vor sich hin.

»Guten Tag«, sagte Montalbano. »Ich kam gerade hier vorbei und da... Gibt es Neuigkeiten?«

Mariastella breitete die Arme aus und sagte nichts.

»Hat Giacomo Pellegrino sich aus Deutschland gemeldet?«

Mariastella riss die Augen auf.

»Aus Deutschland?!«

»Ja, er ist in Garganos Auftrag nach Deutschland gereist, wussten Sie das nicht?«

Mariastella schien durcheinander und erstaunt zu sein.

»Das wusste ich nicht. Ich habe mich in der Tat gefragt, wo er wohl steckt. Ich dachte, er sei nicht erschienen, weil er vermeiden wollte...«

»Nein«, sagte Montalbano. »Sein Onkel, der so heißt wie er, sagte mir, Gargano habe Giacomo telefonisch beauftragt, am Nachmittag des 31. August nach Deutschland zu fliegen.«

»Einen Tag, bevor der Ragioniere kommen sollte?«

»Genau.«

Mariastella schwieg.

»Sie sind nicht überzeugt?«

»Wenn ich ehrlich sein soll, nein.«

»Sprechen Sie.«

»Nun, Giacomo war hier bei uns derjenige, der mit dem Ragioniere zusammenarbeitete, wenn es um Zahlungen und die Berechnung der Rendite ging. Dass der Ragioniere ihn mit einem Auftrag so weit fort geschickt haben soll, wenn er ihn am nötigsten gebraucht hätte, wundert mich. Außerdem hat Giacomo…«

Sie verstummte, sichtlich hätte sie lieber nicht weitergesprochen.

»Haben Sie Vertrauen, sagen Sie alles, was Sie denken. In Ragioniere Garganos ureigenstem Interesse.«

Bei diesem letzten Satz kam er sich mieser vor als ein Hütchenspieler, aber Signorina Cosentino biss an.

»Ich glaube nicht, dass Giacomo viel von großen Finanzgeschäften verstand. Aber der Ragioniere schon, er war ein Magier.«

Ihre Augen glitzerten bei dem Gedanken, wie toll ihr Liebster war. »Sagen Sie«, fragte der Commissario, »wissen Sie die Adresse von Giacomo Pellegrino?«

»Natürlich«, sagte Mariastella.

Sie nannte sie ihm.

»Rufen Sie mich an, wenn es Neuigkeiten gibt«, sagte Montalbano.

Er reichte ihr die Hand, Mariastella beschränkte sich darauf, ein »Auf Wiedersehen« jenseits der Hörschwelle zu hauchen. Vielleicht hatte sie keine Kraft mehr, möglicherweise überließ sie sich dem Hungertod wie manche Hunde auf dem Grab ihres Herrchens. Montalbano bekam keine Luft mehr und rannte aus der Agentur.

Die Tür von Giacomo Pellegrinos Wohnung stand sperrangelweit offen, Zementsäcke, Eimer mit Wandfarben und weiteres Baumaterial lagerten auf dem Treppenabsatz. Der Commissario trat ein.

»Hallo?«

»Was wollen Sie?«, fragte oben von einer Stehleiter ein Maurer in Maurermontur einschließlich Papierschiffchen.

»Tja«, meinte Montalbano etwas ratlos. »Wohnt hier nicht jemand namens Pellegrino?«

»Keine Ahnung, wer hier wohnt oder nicht wohnt«, antwortete der Maurer.

Er hob einen Arm und klopfte mit den Knöcheln an die Decke, als wäre sie eine Tür.

»Signora Catarina!«, schrie er.

Von oben vernahm man gedämpft eine weibliche Stimme.

»Was ist?«

»Kommen Sie runter, da will einer zu Ihnen!«

»Ich komme gleich.«

Montalbano trat vor die Tür. Er hörte im Stockwerk darüber, wie eine Tür auf- und wieder zuging, und dann entstand ein merkwürdiges Geräusch, es klang wie ein Blasebalg in Aktion. Montalbano konnte es sich erklären, als oben an der Treppe Signora Catarina erschien. Sie wog bestimmt hundertvierzig Kilo, bei jedem Schritt, den sie tat, schnaubte sie. Als sie den Commissario sah, blieb sie stehen.

»Wer sind Sie?«

»Ich bin Kriminalkommissar. Mein Name ist Montalbano.«

»Und was wollen Sie von mir?«

»Mit Ihnen sprechen, Signora.«

»Dauert es lange?«

Der Commissario machte eine ausweichende Handbewegung. Signora Catarina sah ihn nachdenklich an.

»Kommen Sie besser rauf«, entschied sie schließlich und machte sich an das mühselige Manöver, sich um die eigene Achse zu drehen.

Der Commissario blieb noch stehen und wartete, bevor er sich in Bewegung setzte, das Geräusch des Schlüssels ab, der die Tür im oberen Stockwerk öffnete.

»*Vinisse ccà*, hier entlang«, wies ihm die Stimme der Frau den Weg.

Er fand sich in der guten Stube wieder. Madonnen unter Glasglocken, Reproduktionen weinender Madonnen, mit Lourdes-Wasser gefüllte Fläschchen in Madonnengestalt. Die Signora saß bereits in einem Sessel, der sichtlich maßgeschneidert war. Sie machte Montalbano ein Zeichen, sich auf das Sofa daneben zu setzen.

»Jetzt erzählen Sie, Commissario. Ich hab ja nur darauf gewartet! Ich hab's ja gewusst, dass er so enden muss, dieser verkommene Lump! In den Knast mit ihm! Hinter Gitter, bis er verreckt!«

»Von wem sprechen Sie, Signora?«

»Von wem wohl! Von meinem Mann! Drei Nächte hintereinander treibt er sich jetzt schon herum! Er zockt, besäuft sich und treibt's mit den Nutten, dieser widerliche Scheißkerl!«

»Ich bin aber nicht Ihres Mannes wegen gekommen, Signora.«

»Ach nein? Wegen was denn dann?«

»Wegen Giacomo Pellegrino. Sie haben doch die Wohnung hier unten an ihn vermietet, oder?« Der Globus, der das Gesicht von Signora Catarina war, blähte sich immer weiter auf, und der Commissario befürchtete schon eine Explosion. Doch die Signora lächelte zufrieden.

»*Maria, chi bravu picciottu ca è*, so ein netter junger Mann! Wohlerzogen, sauber! Schade, dass ich ihn verloren hab!«

»Inwiefern haben Sie ihn verloren?«

»Ich hab ihn verloren, weil er ausgezogen ist.«

»Wohnt er nicht mehr hier unten?«

»Nein.«

»Signora, erzählen Sie mir alles, von Anfang an.«

»Von welchem Anfang? Am 25. August kommt er rauf und sagt, dass er auszieht, und weil er nicht gekündigt hat, drückt er mir das Geld für drei Monate in die Hand. Am Morgen des Dreißigsten hat er sein Zeug in zwei Koffer gepackt, mir Auf Wiedersehen gesagt und die Wohnung leer zurückgelassen. Und das ist der Anfang und das Ende.«

»Hat er Ihnen gesagt, wo er hinziehen wollte?«

»Warum sollte er mir das sagen? Was sind wir denn? Mutter und Sohn? Mann und Frau? Bruder und Schwester?«

»Cousin und Cousine auch nicht?«, fragte Montalbano, eine interessante Variante möglicher Verwandtschaftgrade anbietend. Aber Signora Catarina bemerkte den Spott gar nicht.

»Ach woher denn! Er hat nur gesagt, dass er für einen Monat nach Deutschland geht und dass er in seinem eigenen Haus wohnen will, wenn er wieder da ist. So ein herzensguter Mensch! Der Herrgott beschütze diesen jungen Mann und stehe ihm bei!«

»Hat er aus Deutschland geschrieben oder angerufen?«

»Wieso sollte er? Sind wir vielleicht miteinander verwandt?«

»Das ist, glaube ich, geklärt«, sagte Montalbano. »Ist jemand gekommen und hat nach ihm gefragt?«

»*Nonsi*, niemand. Erst am 4. oder 5. September war einer da, der nach ihm gefragt hat.«

»Wissen Sie, wer das war?«

»*Sissi*, ein Polizist. Er hat gesagt, dass *u signurinu* Giacumu ins Kommissariat kommen muss. Aber ich hab gesagt, dass er in Deutschland ist.«

»Hatte er ein Auto?«

»Jacuminu? *Nonsi*, er konnte schon fahren, einen Führerschein hatte er. Aber er hatte kein Auto, er hatte ein kaputtes Moped, das ist mal gefahren und mal nicht.«

Montalbano stand auf, dankte und verabschiedete sich.

»Entschuldigen Sie, wenn ich Sie nicht an die Tür begleite«, sagte Signora Catarina. »Aber das Aufstehen ist so mühsam.«

»Überlegt mal kurz mit mir«, sagte der Commissario zu den Streifenbarben auf seinem Teller. »Nach den Worten von Signora Catarina ist Giacomo am 30. August morgens aus der Wohnung ausgezogen. Laut gleichnamigem Onkel hat Giacomo tags darauf gesagt, er würde nachmittags um vier nach Deutschland fliegen. Die Frage lautet also: Wo hat Giacomo in der Nacht vom Dreißigsten auf den Einunddreißigsten geschlafen? Hätte es nicht näher gelegen, die Nacht in der Wohnung zu verbringen und sie am Einunddreißigsten morgens zu verlassen? Und dann: Wo ist das Moped? Aber die Hauptfrage lautet: Ist Giacomos Geschichte für die Ermittlungen von Belang? Wenn ja, warum?« Die Streifenbarben gaben keine Antwort, auch weil sie sich nicht mehr auf dem Teller, sondern in Montalbanos Bauch befanden.
»Wir tun mal so, als wäre sie von Belang«, sagte er abschließend.

»Fazio, überprüf bitte, ob für den Flug am 31. August um sechzehn Uhr nach Deutschland auf den Namen Giacomo Pellegrino gebucht wurde.«
»Wohin in Deutschland?«
»Das weiß ich nicht.«

»Dottore, in Deutschland gibt es ziemlich viele Städte.«

»Willst du einen auf witzig machen?«

»Nein. Und von welchem Flughafen? Punta Raisi oder Fontanarossa?«

»Punta Raisi, glaube ich. Und jetzt raus, du nervst.«

»Wie Sie wünschen, Dottore. Ich wollte nur sagen, dass Preside Burgio angerufen hat, um Sie zu erinnern, Sie wüssten schon, an was.«

Preside Burgio hatte ihn vor etwa zehn Tagen angerufen und zu einer Diskussion zwischen Befürwortern und Gegnern einer Brücke über die Straße von Messina eingeladen. Der Preside war der Referent der Befürworter. Am Ende sollte, weiß der Himmel, warum, *Das Leben ist schön* von Benigni gezeigt werden. Montalbano hatte versprochen zu kommen, weil er seinem Freund einen Gefallen tun und auch den Film sehen wollte, über den er gegensätzliche Meinungen gehört hatte.

Er beschloss, nach Marinella zu fahren und sich umzuziehen, Jeans fand er unpassend. Er setzte sich ins Auto und fuhr nach Hause, und dort hatte er die unglückliche Idee, sich kurz aufs Bett zu legen, nur fünf Minuten, nicht länger. Er schlief drei Stunden am Stück. Dann wachte er plötzlich auf und stellte fest, dass er, wenn er sich beeilte, gerade noch rechtzeitig zur Filmvorführung kommen würde. Der Saal war brechend voll, und kurz nach seinem Eintreffen wurde das Licht gelöscht. Er blieb stehen. Manchmal lachte er. Aber das änderte sich gegen Ende, als er spürte, wie ihm die Brust eng wurde, weil er so ergriffen war... Noch nie hatte er bei einem Film weinen müssen. Er verließ den Saal, bevor das Licht wieder anging, er hätte sich geniert, wenn ihn jemand mit tränennassen Augen gesehen hätte. Warum war das diesmal passiert? War es das Alter? Machte sich sein Alter bemerkbar? Man ist manchmal leichter gerührt, wenn man älter wird. Aber das war es nicht allein. War es die Geschichte, die der Film erzählte, und wie er sie erzählte? Gewiss, aber das war es nicht allein. Er wartete, bis die Leute draußen waren, vor der Tür, um Preside Burgio kurz zu begrüßen. Er wollte am liebsten für sich sein, gleich nach Hause fahren.

Auf der Veranda war es windig und kalt. Das Meer hatte fast den ganzen Strand verschlungen. In der kleinen Diele hing ein warmer Mantel, ein gefütterter Regenmantel. Er zog ihn an, ging wieder auf die Veranda und setzte sich. Bei den Windböen gelang es ihm nicht, sich eine Zigarette anzustecken. Dazu hätte er ins Zimmer gehen müssen. Anstatt aufzustehen, beschloss er, nicht zu rauchen. Draußen auf dem Meer sah man ferne Lichter, die ab und zu verschwanden. Wenn es Fischer waren, sah es bei dem Seegang nicht gut für sie aus. So saß er regungslos da, die Hände in den Manteltaschen vergraben, und dachte noch einmal darüber nach, was mit ihm geschehen war, als er den Film sah. Und auf einmal hatte er den wahren, einzigen, unleugbaren Grund für seine Tränen klar vor Augen. Er schob ihn sofort von sich, er erschien ihm unglaubhaft. Doch allmählich leistete dieser Grund, obwohl Montalbano ihn umkreiste und von allen Seiten attackierte, immer größeren Widerstand. Am Ende musste der Commissario sich geschlagen geben. Und da fasste er einen Entschluss.

Vor der Fahrt musste er in der Bar Albanese auf die frischen *cannoli* mit Ricottafüllung warten. Er kaufte dreißig Stück, dazu kiloweise *biscotti regina*, *mustazzoli* und Marzipanfrüchte. Auf der Fahrt entströmte seinem Auto eine Duftwolke. Er musste die Fenster offen lassen, sonst hätte er bei dem intensiven Geruch Kopfschmerzen bekommen. Für die Fahrt nach Calapiano wählte er die längste und mühsamste Strecke; er hatte sie die wenigen Male, die er hingefahren war, immer genommen, denn hier bot sich ihm noch jenes Sizilien, das allmählich verschwand, jenes karge Land mit seinen wortkargen Menschen. Nach zwei Stunden Reise fand er sich kurz hinter Gagliano am Ende einer Autoschlange wieder, die sich im Schneckentempo auf dem heruntergekommenen Asphalt vorwärts bewegte. Ein Schild, das an einem Strommast hing, trug die handgeschriebene Aufforderung:
»Schritt fahren!«
Ein Kerl mit einem Gesicht wie ein Lebenslänglicher (woher wissen wir eigentlich, ob Lebenslängliche so ein

Gesicht haben?), in Zivil und mit einer Trillerpfeife im Mund, pfiff wie ein Schiedsrichter, hob einen Arm, und das Auto vor Montalbano blieb unvermittelt stehen. Eine Zeit lang geschah gar nichts, dann beschloss der Commissario, sich die Beine ein wenig zu vertreten. Er stieg aus und ging zu dem Mann.

»Sind Sie Polizist?«

»Ich? Ach woher denn! Ich bin Gaspare Indelicato, Pedell an der Grundschule. Gehen Sie auf die Seite, da kommen die Autos, die in diese Richtung wollen.«

»Ist denn heute schulfrei?«

»Eigentlich nicht. Aber die Schule ist geschlossen, zwei Decken sind runtergebrochen.«

»Und deshalb wurden Sie abgestellt, um den Verkehr zu regeln?«

»Mich hat niemand abgestellt. Ich bin freiwillig hier. Wenn wir nicht hier wären, ich auf dieser Seite und Peppi Bruculeri auf der anderen, auch freiwillig, ja, was glauben Sie, was das für ein Chaos wäre!«

»Was ist denn mit der Straße?«

»Einen Kilometer von hier ist sie abgebrochen. Vor fünf Monaten. Es kann immer nur ein Auto durch.«

»Vor fünf Monaten?!«

»*Sissignura.* Die Gemeinde sagt, dass die Provinz sie reparieren muss, die Provinz sagt, die Region, die Region sagt, die Straßenmeisterei, und ihr seid die Blöden.«

»Und Sie nicht?«

»Ich fahr mit dem Rad.«

Eine halbe Stunde später konnte Montalbano seine Fahrt fortsetzen. Er erinnerte sich, dass der Hof etwa vier Kilometer von Calapiano entfernt und über einen Feldweg zu erreichen war, so voller Schlaglöcher, Steine und Staub, dass sogar die Ziegen einen Bogen darum machten. Doch diesmal fand er sich auf einer zwar schmalen, aber asphaltierten und gut gepflegten Straße wieder. Es gab zwei Möglichkeiten: Entweder hatte er sich verfahren, oder die Gemeinde Calapiano funktionierte gut. Die zweite Möglichkeit erwies sich als die richtige. Das große Bauernhaus tauchte hinter einer Kurve auf, aus dem Schornstein stieg Rauch auf, ein Zeichen, dass jemand in der Küche stand und kochte. Er sah auf die Uhr, es war fast eins. Er stieg aus, lud sich die *cannoli* und all die süßen Sachen auf und trat ins Haus, in den großen Raum, der Ess-, aber offenbar auch Wohnzimmer war, denn in der Ecke stand ein Fernseher. Er stellte seine Pakete auf den Tisch und ging in die Küche. Franca, Mimìs Schwester, stand mit dem Rücken zu ihm und merkte nicht, dass er hereingekommen war. Der Commissario sah ihr eine Weile still zu, voller Bewunderung für die Harmonie ihrer Bewegungen und vor allem benebelt vom Duft des Ragout, den er mit vollen Zügen einatmete.

»Franca.«

Die Frau drehte sich um, ihr Gesicht hellte sich auf, und sie lief in Montalbanos Arme.

»So eine Überraschung, Salvo!«

Und gleich darauf:

»Hast du schon von Mimìs Hochzeit gehört?«

»Ja.«

»Heute früh hat Beba angerufen, ihrem Vater geht es besser.«

Dann sagte sie nichts mehr, sie ging wieder an den Herd, sie fragte nicht, warum Salvo sie besuchte.

Eine großartige Frau, dachte Montalbano. Und erkundigte sich:

»Wo sind die anderen?«

»Die Großen bei der Arbeit. Giuseppe, Domenico und François sind in der Schule. Sie kommen gleich. Ernst holt sie mit dem Auto ab, erinnerst du dich an den deutschen Studenten, der hier Ferien gemacht und uns geholfen hat? Er besucht uns, so oft er kann, er hängt an uns.«

»Ich muss mit dir reden«, sagte Montalbano.

Er erzählte ihr die Geschichte mit dem Sparbuch und dem Geld beim Notar. Bisher hatte er weder Franca noch ihrem Mann Aldo etwas davon gesagt, ganz einfach, weil er es immer vergessen hatte. Während er erzählte, lief Franca, gefolgt von Montalbano, zwischen Küche und Esszimmer hin und her. Am Ende lautete ihr ganzer Kommentar:

»Das hast du gut gemacht. Das freut mich für François. Nimmst du das Besteck mit rüber?«

Neun

Als er ein Auto in den Hof fahren hörte, konnte er nicht an sich halten und lief schnell hinaus.

Er erkannte François sofort. Mein Gott, wie sehr er sich verändert hatte! Er war nicht mehr der kleine Bub, wie er ihn in Erinnerung hatte, sondern ein schlaksiger Junge mit dunklen Locken und riesigen schwarzen Augen. Im selben Augenblick sah François ihn.

»Salvo!«

Er lief Montalbano entgegen und umarmte ihn fest. Nicht wie damals, als François erst auf ihn zugelaufen und dann plötzlich ausgewichen war, jetzt gab es keine Probleme mehr zwischen ihnen, nichts überschattete das Glück, das sich in der Innigkeit und Dauer ihrer Umarmung zeigte.

So gingen sie – Montalbano mit einem Arm um François' Schultern und François, der ihn um die Taille zu fassen versuchte – gefolgt von den anderen ins Haus.

Dann kamen Aldo und seine drei Gehilfen und setzten sich an den Tisch. François saß rechts von Montalbano, und irgendwann lag die linke Hand des Jungen auf Salvos

Knie. Der nahm seine Gabel in die andere Hand und bemühte sich, seine Pasta mit Ragout mit der Linken zu essen, während er seine Rechte auf die Hand des Jungen legte. Wenn sich die Hände loslassen mussten, um einen Schluck Wein zu trinken oder Fleisch zu schneiden, fanden sie sich gleich darauf wieder zu ihrem heimlichen Rendezvous unter dem Tisch ein.

»Wenn du schlafen willst, ein Zimmer ist bereit«, sagte Franca, als sie gegessen hatten.

»Nein, ich fahre gleich wieder«, sagte Montalbano.

Aldo und seine Gehilfen standen auf, verabschiedeten sich von Montalbano und gingen.

Giuseppe und Domenico machten es ebenso.

»Sie arbeiten bis fünf«, erklärte François. »Dann kommen sie nach Hause und machen ihre Hausaufgaben.«

»Und du?«, fragte Montalbano François.

»Ich bleibe bei dir, bis du wieder fährst. Ich will dir was zeigen.«

»Geht nur«, sagte Franca. Und dann, an Montalbano gewandt:

»Ich schreibe inzwischen, worum du mich gebeten hast.«

François führte ihn hinter das Haus, zu einer großen grünen Wiese voller Luzerne. Vier Pferde weideten darauf.

»Bimba!«, rief François.

Eine junge Stute mit heller Mähne hob den Kopf und trottete auf den Jungen zu. Als sie nah genug war, nahm François Anlauf, saß mit einem Sprung auf, ritt eine Runde und kam wieder zurück.

»Gefällt sie dir?«, fragte François glücklich. »Papà hat sie mir geschenkt.«

Papà? Ah, er meinte Aldo, natürlich sagte er Papà zu ihm. Da war einfach eine Nadelspitze, die ihm einen Augenblick lang ins Herz stach, nicht der Rede wert, aber sie war da.

»Livia hab ich auch gezeigt, wie gut ich reiten kann«, sagte François.

»Ach ja?«

»Ja, als sie neulich da war. Und sie hat Angst gehabt, dass ich runterfalle. Du weißt doch, wie die Frauen sind.«

»Hat sie hier geschlafen?«

»Ja, eine Nacht. Am nächsten Tag ist sie wieder weg. Ernst hat sie nach Punta Raisi gebracht. Es war schön mit ihr.«

Montalbano sagte kein Wort. Schweigend gingen sie zum Haus zurück, der Commissario wieder mit dem Arm um die Schultern des Jungen, und François, der Montalbano um die Taille zu fassen versuchte, sich aber in Wirklichkeit an seinem Jackett festhielt. In der Tür sagte François leise:

»Ich muss dir ein Geheimnis sagen.«

Montalbano beugte sich hinunter.

»Wenn ich groß bin, werd ich Polizist, wie du.«

Zurück fuhr er die andere Strecke und brauchte daher keine viereinhalb, sondern nur gut drei Stunden. Im Kommissariat überfiel ihn gleich Catarella, noch aufgewühlter als sonst.

»Ah Dottori Dottori! Der Signori und Quistori hat gesagt, dass …«

»Ihr könnt mich mal, alle beide.«

Catarella war am Boden zerstört. Er hatte nicht einmal die Kraft zu antworten.

In seinem Büro machte sich Montalbano auf die mühsame Suche nach einem Briefbogen und einem Umschlag ohne den Briefkopf des Kommissariats. Er hatte Glück und schrieb dem Questore einen Brief, ohne lange Vorrede mit Geschätzter oder Sehr geehrter.

»Ich hoffe, Sie haben inzwischen das Schreiben des Notars bekommen, das ich Ihnen anonym in Kopie geschickt habe. Anbei sende ich Ihnen die Abschrift aller Unterlagen bezüglich der ordnungsgemäßen Adoption des Kindes, dessen Entführung mir anzulasten Sie sich unterstanden. Von meiner Seite her betrachte ich die Angelegenheit als erledigt. Sollten Sie den Wunsch haben, auf das Thema zurückzukommen, kündige ich hiermit an, dass ich Sie wegen übler Nachrede anzeigen werde. Montalbano.«

»Catarella!«

»Jawohl, Dottori!«

»Nimm die tausend Lire hier, kauf eine Briefmarke, kleb sie auf diesen Umschlag und schick ihn ab.«

»Dottori, wir haben einen ganzen Haufen Briefmarken im Büro!«

»Tu, was ich dir sage.«

»Fazio!«

»Ja bitte, Dottore?«

»Gibt's was Neues?«

»*Sissi*, Dottore. Dank einem Freund von mir bei der Flughafenpolizei, der hat einen Freund, der mit einem Mädchen verlobt ist, das in der Ticketausgabe in Punta Raisi arbeitet. Ohne diese gute Gelegenheit wären mindestens drei Monate vergangen, bevor wir eine Antwort gekriegt hätten.«

Der italienische Weg, um dem Amtsschimmel zu Leibe zu rücken. Zum Glück gibt es immer jemand, der einen kennt, der wieder einen kennt.

»Und?«

Fazio, der den verdienten Triumph genießen wollte, brauchte eine Ewigkeit, um eine Hand in die Jackentasche zu schieben, einen Zettel herauszuholen, ihn zu entfalten und als Spickzettel vor sich hinzuhalten.

»Also, Giacomo Pellegrino hatte ein Ticket, ausgestellt vom Reisebüro Icaro in Vigàta, für einen Flug um sechzehn Uhr am 31. August. Und wissen Sie was? Er hat die Maschine nicht genommen.«

»Ist das sicher?«

»Wie das Amen in der Kirche, Dottore. Aber Sie scheinen sich gar nicht so zu wundern.«

»Weil ich mir fast schon gedacht habe, dass Pellegrino nicht abgereist ist.«

»Dann schauen wir mal, ob Sie sich über das, was jetzt kommt, wundern. Pellegrino ist persönlich erschienen und hat gesagt, dass er die Maschine nicht nimmt, zwei Stunden vorher.«

»Also um zwei Uhr nachmittags.«

»Richtig. Er wollte woandershin.«

»Jetzt wundere ich mich«, gab Montalbano zu. »Wo ist er hingeflogen?«

»Warten Sie, die Geschichte ist noch nicht zu Ende. Er hat nach Madrid gebucht. Das Flugzeug ist am 1. September um zehn Uhr morgens gestartet, aber ...«

Fazio grinste siegesgewiss. Vielleicht hörte er dazu im Geiste den Triumphmarsch aus *Aida*. Er wollte gerade fortfahren und öffnete den Mund, doch der Commissario, gemein wie er war, kam ihm zuvor.

»... aber auch da ist er nicht eingestiegen«, schloss er den Satz.

Sichtbar verärgert zerknüllte Fazio den Zettel und stopfte ihn in die Jackentasche.

»Das macht wirklich keinen Spaß mit Ihnen.«

»Los, weiter, brauchst nicht sauer zu sein«, tröstete ihn der Commissario. »Wie viele Reisebüros gibt es in Montelusa?«

»Hier in Vigàta gibt's auch drei.«
»Die in Vigàta interessieren mich nicht.«
»Ich schau drüben im Telefonbuch nach und bringe Ihnen die Nummern.«
»Nicht nötig. Ruf du an und frag, ob es zwischen dem 28. August und dem 1. September irgendeine Buchung auf den Namen Giacomo Pellegrino gegeben hat.«
Fazio sah ihn benommen an. Dann gab er sich einen Ruck.
»Das geht nicht. Die haben schon geschlossen. Ich kümmere mich morgen darum, sobald ich da bin. Dottore, und wenn ich feststelle, dass dieser Pellegrino noch einen Flug gebucht hat, was weiß ich, nach Moskau oder London, was hat das dann zu bedeuten?«
»Das bedeutet, dass unser Freund seine Spuren verwischen wollte. Er hat ein Ticket nach Madrid in der Tasche, hat aber allen erzählt, er würde nach Deutschland fliegen. Morgen werden wir erfahren, ob er noch weitere Tickets in der Tasche hat. Hast du irgendwo die private Telefonnummer von Mariastella Cosentino?«
»Ich schau in Dottor Augellos Unterlagen nach.«
Er ging hinaus, kam mit einem Zettel zurück, gab ihn Montalbano und ging wieder. Der Commissario wählte die Nummer. Es meldete sich niemand, vielleicht war Signorina Cosentino beim Einkaufen. Er steckte den Zettel ein und beschloss, nach Marinella zu fahren.

Er hatte keinen Appetit, die *pasta al ragù* und das Schweinefleisch bei Franca hatten ihm ganz schön zugesetzt. Er briet sich ein Spiegelei und aß anschließend ein paar Anchovis mit Öl, Essig und Oregano. Nach dem Essen wählte er noch mal die Nummer der Cosentino, die anscheinend die Hand immer Richtung Telefonapparat gestreckt hielt, denn sie nahm ab, bevor der erste Klingelton mit Klingeln fertig war. Die Stimme einer Sterbenden, eine Stimme von der Konsistenz einer Spinnwebe.

»*Pronto?* Wer ist da?«

»Hier spricht Montalbano. Entschuldigen Sie die Störung, vielleicht haben Sie ferngesehen und …«

»Ich habe keinen Fernseher.«

Der Commissario konnte es sich nicht erklären, aber es kam ihm vor, als hätte tief in seinem Kopf ein fernes Glöckchen angeschlagen. So schnell und kurz, dass er nicht einmal sicher war, ob dieser Ton erklungen war oder nicht.

»Ich wüsste gern, falls Sie sich noch erinnern, ob Giacomo Pellegrino auch am 31. August nicht im Büro war.«

Die Antwort kam sofort, ohne das geringste Zögern.

»Commissario, ich kann diese Tage nicht vergessen, ich habe sie in Gedanken immer wieder an mir vorüberziehen lassen. Am Einunddreißigsten kam Pellegrino spät in die Agentur, etwa gegen elf. Er ist sehr bald wieder gegangen, er sagte, er müsse einen Kunden treffen. Am Nachmittag kam er wieder, es könnte halb fünf gewesen sein. Er blieb bis Geschäftsschluss.«

Der Commissario dankte und legte auf.

Das stimmte, es passte. Pellegrino geht morgens zu seinem Onkel, um mit ihm zu sprechen, und erscheint danach in der Agentur. Mittags verlässt er sie, nicht um einen Kunden zu treffen, sondern um ein Taxi oder einen Mietwagen zu nehmen. Er fährt nach Punta Raisi. Um zwei Uhr kommt er am Flughafen an, storniert das Ticket nach Berlin und löst eines nach Madrid. Er setzt sich wieder in das Taxi oder das Mietauto und ist nachmittags um halb fünf zurück in der Agentur. Die Zeiten stimmten überein. Doch wozu betreibt Giacomo diesen ganzen Aufwand? Einverstanden, er will nicht so leicht aufgespürt werden. Aber von wem? Und vor allem warum? Während Ragioniere Gargano zwanzig Milliarden Gründe hat zu verschwinden, hat Pellegrino doch eigentlich keinen einzigen.

»*Ciao,* mein Schatz. Hast du einen harten Tag gehabt?«

»Livia, kannst du einen Augenblick warten?«

»Natürlich.«

Er holte einen Stuhl, setzte sich hin, steckte sich eine Zigarette an, machte es sich bequem. Er war sicher, dass dieses Gespräch ziemlich lange dauern würde.

»Ich bin ein bisschen müde, aber nicht weil ich viel gearbeitet hätte.«

»Wieso dann?«
»Ich habe fast acht Stunden im Auto gesessen.«
»Wo warst du denn?«
»In Calapiano, mein Schatz.«
Livia musste die Luft weggeblieben sein, denn der Commissario hörte deutlich eine Art Schluchzer. Großherzig wartete er, bis sie sich wieder gefangen hatte, und überließ ihr das Wort.
»Warst du wegen François dort?«
»Ja.«
»Ist er krank?«
»Nein.«
»Wieso warst du dann dort?«
»Ich hatte *spinno*.«
»Salvo, fang nicht an, Dialekt zu sprechen! Du weißt, dass ich das manchmal nicht ertragen kann! Was hast du gesagt?«
»Dass ich den Wunsch hatte, François zu sehen. *Spinno* heißt Wunsch, Lust. Jetzt, wo du das Wort verstehst, frage ich dich: Hattest du denn nie *spinno*, François zu sehen?«
»Bist du fies, Salvo.«
»Können wir was ausmachen? Ich spreche nicht Dialekt, und du beleidigst mich nicht. Einverstanden?«
»Woher weißt du, dass ich François besucht habe?«
»Der Junge hat es mir erzählt, als er mir zeigte, wie gut er reiten kann. Die Erwachsenen haben dein Spiel mitge-

spielt, sie haben kein Wort gesagt, sie haben sich an die Abmachung gehalten. Denn offensichtlich hast du sie gebeten, mir von deinem Besuch nichts zu sagen. Und mir hast du erzählt, du hättest einen freien Tag und würdest mit einer Freundin an den Strand gehen, und ich Idiot hab dir das abgenommen. Eines wüsste ich gern: Hast du Mimì gesagt, dass du nach Calapiano wolltest?«

Er erwartete eine heftige Antwort, wie sie sich für einen richtigen Streit gehörte. Doch Livia brach in Tränen aus, lange, verzweifelte, gequälte Schluchzer.

»Livia, bitte ...«

Die Verbindung wurde unterbrochen.

Er stand langsam auf, ging ins Bad, zog sich aus, wusch sich und blickte, bevor er den Raum verließ, in den Spiegel. Lange. Dann sammelte er die ganze Spucke, die er im Mund hatte, und spuckte auf sein Spiegelbild. Er löschte das Licht und legte sich ins Bett. Sofort stand er wieder auf, weil das Telefon klingelte. Er nahm ab, aber am anderen Ende der Leitung sagte niemand etwas, er hörte nur Atmen. Montalbano kannte dieses Atmen.

Er fing an zu reden. Ein Monolog, der fast eine Stunde dauerte, ohne Weinen, ohne Tränen, aber schmerzlich wie Livias Schluchzen. Und er sagte ihr Dinge, die er nicht mal vor sich selbst hatte zugeben wollen, wie er verletzte, um nicht verletzt zu werden, wie sehr er seine Einsamkeit schon eine Zeit lang eher als Schwäche und nicht mehr als

Stärke empfand, wie bitter es für ihn war, etwas sehr Einfaches und Natürliches zur Kenntnis zu nehmen: dass er älter wurde. Am Ende sagte Livia nur:
»Ich liebe dich.«
Bevor sie auflegte, fügte sie hinzu:
»Meinen Urlaub nehme ich trotzdem. Ich bleibe einen Tag länger hier und komme dann nach Vigàta. Nimm dir frei, ich will dich ganz für mich haben.«
Montalbano ging wieder ins Bett. Er konnte gerade noch unter die Decke schlüpfen, als er schon die Augen schloss und einschlief. Leichtfüßig wie ein Kind ging er ins Land des Schlafes hinüber.

Es war elf Uhr morgens, als Fazio Montalbanos Büro betrat.
»Dottore, wissen Sie schon das Neueste? Pellegrino hatte sich im Reisebüro Intertour in Montelusa ein Ticket nach Lissabon ausstellen lassen. Die Maschine ist am Einunddreißigsten nachmittags um halb vier gestartet. Ich habe in Punta Raisi angerufen. Und diesen Flug hat Pellegrino genommen, wie mir gesagt wurde.«
»Und das glaubst du?«
»Warum sollte ich es nicht glauben?«
»Weil er ihn an irgendeinen Passagier auf der Warteliste verkauft haben wird, und er selbst ist dann ins Büro zurückgefahren, nach Vigàta. Das steht fest. Pellegrino war

um fünf in der ›König Midas‹-Agentur, er konnte nicht im Flugzeug nach Lissabon sitzen.«

»Aber was hat das zu bedeuten?«

»Das bedeutet, dass Pellegrino ein Dummkopf ist, der sich für schlau hält, aber eben dumm ist. Mach Folgendes. Erkundige dich bei allen Hotels, Pensionen, Zimmervermietern in Vigàta und Montelusa, ob Pellegrino vom 30. auf den 31. August irgendwo übernachtet hat.«

»Mach ich sofort.«

»Noch was: Frag bei den Autovermietern, ebenfalls in Vigàta und Montelusa, ob Pellegrino, etwa um die gleiche Zeit, irgendwo ein Auto gemietet hat.«

»Aber wieso haben wir erst Gargano gesucht, und jetzt suchen wir Pellegrino?«, fragte Fazio unsicher.

»Weil ich inzwischen überzeugt bin, dass wir, sobald wir einen gefunden haben, wissen, wo wir den anderen suchen müssen. Wetten wir?«

»Nein. Mit Ihnen würde ich nie wetten«, sagte Fazio und ging.

Dabei hätte er, wenn er die Wette angenommen hätte, gewonnen.

Der übliche Bärenhunger nagte an ihm, vielleicht weil er schon lange nicht mehr so gut geschlafen hatte. Livia sein Herz auszuschütten hatte ihn irgendwie erleichtert und dafür gesorgt, dass er mit sich selbst wieder ins Lot kam.

Montalbano war zu einem Späßchen aufgelegt. Er unterbrach Calogero, der begonnen hatte, die kurze Speisekarte herunterzuleiern:

»Heute hätte ich Lust auf ein Wiener Schnitzel.«

»Im Ernst?!«, rief Calogero fassungslos und stützte sich am Tisch ab, um nicht umzukippen.

»Glaubst du tatsächlich, bei dir würde ich ein Schnitzel bestellen? Ich verlange ja von einem buddhistischen Mönch auch keine heilige Messe. Was hast du heute?«

»Spaghetti al nìvuro di siccia.«

»Die nehme ich. Und dann?«

»Frikadellen aus kleinen Tintenfischen.«

»Davon ein Dutzend.«

Um sechs Uhr abends erstattete Fazio Bericht.

»Dottore, übernachtet hat er anscheinend nirgends. Aber er hat in Montelusa ein Auto gemietet. Am Einunddreißigsten morgens, und um vier Uhr nachmittags hat er es wieder zurückgebracht. Die Sekretärin, ein kluges Mädchen, sagt, der Kilometerstand könnte einer Reise nach Palermo und zurück entsprechen.«

»Passt«, kommentierte der Commissario.

»Ach ja, das Mädchen hat noch gesagt, dass Pellegrino extra einen Wagen mit großem Kofferraum wollte.«

»Klar. Er musste ja zwei Koffer mitnehmen.«

Sie schwiegen eine Weile.

»Aber wo hat der gute Mann nur geschlafen?«, überlegte Fazio laut.

Die Wirkung, die seine Worte auf den Commissario ausübten, erschreckte ihn sehr. Denn Montalbano hatte ihn mit aufgerissenen Augen angestarrt und sich dann mit der Hand heftig auf die Stirn geschlagen.

»Idiot!«

»Was hab ich denn gesagt?«, fragte Fazio und wollte sich schon entschuldigen.

Montalbano stand auf, nahm etwas aus der Schublade und steckte es in die Jackentasche.

»Komm, wir gehen.«

Zehn

Montalbano raste mit dem Auto Richtung Montelusa, als ob jemand hinter ihm her wäre. Als er in die Straße einbog, die zu Pellegrinos Neubau führte, war Fazios Gesicht wie versteinert, er starrte geradeaus und sagte keinen Ton. Vor dem verschlossenen Gartentor hielt der Commissario an, und sie stiegen aus. Die kaputten Fensterscheiben waren nicht ersetzt worden, aber jemand hatte an ihrer Stelle mit Reißnägeln Plastikfolie befestigt. Viermal »Arschloch« in Grün stand immer noch da.

»Es könnte jemand drin sein, der Onkel vielleicht«, sagte Fazio.

»Wir wollen lieber auf Nummer sicher gehen«, sagte der Commissario. »Ruf gleich im Büro an, lass dir die Nummer von dem Giacomo Pellegrino geben, der die Anzeige erstattet hat. Dann rufst du ihn an, sagst, du bist zu einem Lokaltermin hier, und fragst, ob er die Plastikfolie angebracht hat und ob er was von seinem Neffen gehört hat. Geht er nicht ans Telefon, entscheiden wir, was dann zu tun ist.«

Während Fazio mit seinen Telefonaten begann, ging Montalbano zu dem gefällten Olivenbaum. Der Baum hatte die meisten Blätter verloren, und sie lagen jetzt, gelb verfärbt, auf der Erde. Sichtlich fehlte nicht mehr viel, bis er von einem lebendigen Baum in totes Holz verwandelt wäre. Da tat der Commissario etwas Merkwürdiges, besser gesagt, er benahm sich wie ein Kind: Er setzte sich vor die Mitte des gefällten Stammes und legte sein Ohr daran, wie man es bei einem Sterbenden macht, um zu hören, ob das Herz noch schlägt. So blieb er eine Weile sitzen; hoffte er vielleicht, er könnte noch das Rauschen des Pflanzensaftes vernehmen? Plötzlich musste er lachen. Was tat er da eigentlich? Das war ja wie beim Baron Münchhausen, der nur sein Ohr auf den Boden zu legen brauchte, um das Gras wachsen zu hören. Er hatte nicht gemerkt, dass Fazio, der jetzt zu ihm kam, ihn beobachtet hatte.

»Dottore, ich habe mit dem Onkel gesprochen. Er hat die Fenster abgedeckt, weil ihm der Neffe zwar den Schlüssel für das Gartentor, aber keinen Hausschlüssel dagelassen hat. Er hat aus Deutschland nichts von ihm gehört, aber er meint, dass er bald zurück sein müsste.« Dann sah er den Olivenbaum an und schüttelte den Kopf.

»Schau dir dieses Massaker an«, sagte Montalbano.

»Arschloch«, sagte Fazio und benutzte absichtlich das gleiche Wort, das der Commissario auf die Hauswände geschrieben hatte.

»Verstehst du jetzt, warum ich ausgerastet bin?«
»Sie brauchen mir nichts weiter zu erklären«, sagte Fazio.
»Und was machen wir jetzt?«
»Jetzt gehen wir rein«, antwortete Montalbano und holte das Säckchen hervor, das er aus seiner Schreibtischschublade genommen hatte, ein reichhaltiges Sortiment von Dietrichen und Nachschlüsseln, das Geschenk eines befreundeten Einbrechers. »Du passt auf, ob jemand kommt.«
Er hantierte am Schloss des Gartentors, das ziemlich leicht aufging. Die Haustür bereitete ihm mehr Schwierigkeiten, aber schließlich schaffte er es. Er rief Fazio.
Sie gingen hinein. Ein großes, vollkommen leeres Wohnzimmer lag vor ihnen. Auch in der Küche und in der Toilette befand sich kein einziger Gegenstand. Vom Wohnzimmer aus führte eine Treppe aus Stein und Holz ins obere Stockwerk. Hier waren zwei große Schlafzimmer ohne Möbel. Aber im zweiten Zimmer lag ausgebreitet auf dem Boden eine dicke Decke, nagelneu, zum ersten Mal benutzt, das Preisschildchen hing noch dran. Das Bad, das möbliert war, befand sich zwischen den beiden Zimmern. Auf der Ablage unter dem Spiegel waren eine Dose Rasierschaum und fünf Einmalrasierer. Zwei waren gebraucht.
»Giacomo hat das Nächstliegende getan. Als er aus der Mietwohnung ausgezogen war, kam er hierher. Er hat auf

der Decke geschlafen. Aber wo sind die beiden Koffer, die er dabei hatte?«, fragte Montalbano.

Sie suchten im Dachboden und in einem Kämmerchen unter der Treppe. Ohne Erfolg. Sie schlossen die Tür und gingen vorsichtshalber auch um das Haus herum. An der Rückseite gab es eine kleine Eisentür, die im oberen Teil vergittert war, damit die Luft zirkulieren konnte. Montalbano öffnete sie. Es war eine Art Gerätekammer. In der Mitte standen zwei große Koffer.

Es war zu eng in dem Raum, sie trugen die Koffer hinaus. Sie waren nicht abgeschlossen. Montalbano nahm einen, Fazio den anderen. Die beiden wussten nicht, was sie suchten, aber sie suchten trotzdem. Socken, Unterhosen, Hemden, Taschentücher, ein Anzug, ein Regenmantel. Sie sahen sich an. Sie stopften alles, was sie herausgezogen hatten, wieder in die Koffer, ohne ein Wort miteinander zu wechseln. Fazio bekam seinen Koffer nicht zu.

»Lass ihn so«, befahl der Commissario.

Sie stellten die Koffer wieder hinein, schlossen Tür und Gartentor ab und fuhren los.

»Dottore, irgendwas stimmt da nicht«, sagte Fazio, als sie kurz vor Vigàta waren. »Wenn dieser Giacomo Pellegrino zu einem langen Aufenthalt nach Deutschland gereist ist, wieso hat er dann nicht mal eine Unterhose zum Wechseln dabei? Es ist doch unsinnig, sich alles neu zu kaufen.«

»Noch etwas stimmt nicht«, sagte Montalbano. »Findest du es normal, dass wir in den Koffern kein Blatt Papier, keinen Zettel, keinen Brief, kein Heft oder Notizbuch gefunden haben?«

In Vigàta bog der Commissario in eine schmale Straße ein, die nicht zum Kommissariat führte.

»Wohin fahren wir?«

»Ich will Giacomos ehemalige Vermieterin besuchen. Und du nimmst mein Auto und fährst es zum Büro. Wenn ich fertig bin, komme ich zu Fuß, es ist nicht so weit.«

»Wer ist denn das schon wieder?«, fragte hinter der Tür Signora Catarinas asthmatische Walfischstimme.

»Montalbano.«

Die Tür ging auf. Ein monströser Kopf erschien, gespickt mit Plastiklockenwicklern.

»Ich kann Sie nicht reinbitten, weil ich nicht angezogen bin.«

»Bitte verzeihen Sie die Störung, Signora Catarina. Eine Frage nur: Wie viele Koffer hatte Giacomo Pellegrino?«

»Hab ich das nicht schon gesagt? Zwei.«

»Und sonst nichts?«

»Er hatte noch ein Köfferchen, so ein kleines. Da waren Unterlagen drin.«

»Wissen Sie, was für Unterlagen?«

»Sagen Sie mal, halten Sie mich für jemand, der in anderer

Leute Sachen wühlt? Glauben Sie, ich hätte keine Manieren? Ich wäre ein Klatschweib?«

»Signora Catarina, wie können Sie nur denken, dass ich so etwas von Ihnen denken könnte? Ich meine, es kann doch mal vorkommen, dass so ein Aktenkoffer offen daliegt, und man wirft mal einen Blick darauf, zufällig, ganz aus Versehen...«

»Das ist schon mal vorgekommen, einmal. Aber wirklich zufällig! Da waren viele Briefe drin, Zettel voller Zahlen, Notizbücher und ein paar von diesen schwarzen Dingern, die wie winzige Schallplatten ausschauen...«

»Computerdisketten?«

»Genau, dieses Zeug.«

»Hatte Giacomo einen Computer?«

»Ja. Den hatte er immer in einer extra Tasche dabei.«

»Wissen Sie, ob er ans Internet angeschlossen war?«

»Commissario, ich versteh von diesen Sachen nichts. Aber ich weiß noch, wie ich mal wegen einem Rohrbruch mit ihm reden musste, wollte ich ihn anrufen, und da war das Telefon besetzt.«

»Entschuldigen Sie, Signora, warum haben Sie ihn angerufen, anstatt einen Stock hinunterzugehen und...«

»Sie glauben, es macht nichts aus, eine Treppe zu Fuß zu gehen, aber mir fällt das schwer.«

»Daran hatte ich nicht gedacht, entschuldigen Sie.«

»Ich hab's immer wieder versucht, aber es war einfach besetzt. Da hab ich mir ein Herz gefasst, bin runtergegangen und hab geklopft. Ich hab zu Jacuminu gesagt, dass er den Hörer vielleicht nicht richtig aufgelegt hat. Da hat er gesagt, dass das Telefon besetzt ist, weil er in diesem Intronet drin ist.«

»Verstehe. Hat er den Aktenkoffer und den Computer auch mitgenommen?«

»Klar hat er die Sachen mitgenommen. Hätte er sie vielleicht bei mir lassen sollen?«

Schlecht gelaunt machte er sich auf den Weg ins Kommissariat. Eigentlich hätte er sich freuen können, weil er erfahren hatte, dass Pellegrinos Unterlagen existierten und er sie wahrscheinlich mitgenommen hatte, aber bei der Vorstellung, wie in dem Fall, den man *Das Spiel des Patriarchen* nannte, wieder mit Computern, Disketten, CD-ROM und ähnlich nervigem Mist zu tun zu haben, wurde ihm ganz schlecht. Gott sei Dank hatte er Catarella, der ihm zur Hand gehen konnte.

Er erzählte Fazio, was er bei der ersten wie bei der zweiten Begegnung von Signora Catarina erfahren hatte.

»Gut«, sagte Fazio, nachdem er eine Weile nachgedacht hatte. »Angenommen, Pellegrino hat sich ins Ausland abgesetzt. Die erste Frage ist: warum? Mit Garganos Betrug hatte er nicht direkt zu tun. Höchstens so ein Spinner wie Geometra Garzullo selig wäre sauer auf ihn. Die zweite

Frage ist: Wo hat er das Geld zum Bau des tollen Hauses her?«

»Aus der Geschichte mit dem Haus kann man eines folgern«, sagte Montalbano.

»Was denn?«

»Dass Pellegrino sich eine Zeit lang verstecken will, er aber auf jeden Fall die Absicht hat, irgendwann, am besten, wenn Gras über die Sache gewachsen ist, zurückzukommen und sein Haus in aller Ruhe zu genießen. Warum hätte er es sonst gebaut? Es sei denn, etwas Neues, Unerwartetes ist eingetreten, weswegen er gezwungen war zu verschwinden, vielleicht sogar für immer, und das Haus war ihm dann egal.«

»Und es gibt noch was«, fuhr Fazio fort. »Klar nimmt jemand, der ins Ausland reist, Dokumente, Unterlagen und Computer mit. Aber ich glaube nicht, dass er ein Moped nach Deutschland mitnimmt, falls er überhaupt dorthin ist.«

»Ruf den Onkel an, vielleicht hat er es bei ihm gelassen.«

Fazio ging hinaus und kam kurz darauf wieder.

»Nein, er hat es nicht bei ihm gelassen, der Onkel weiß nichts davon. Dottore, er ist hellhörig geworden, er hat gefragt, warum wir uns so für seinen Neffen interessieren. Er wirkte besorgt, die Geschichte mit der Geschäftsreise nach Deutschland fand er ganz normal.«

»Und wir treten auf der Stelle«, lautete das Fazit des Commissario.

Schweigen wie nach einem verlorenen Fußballspiel senkte sich herab.

»Aber man kann schon noch was tun«, sagte Montalbano dann entschlossen. »Du klapperst morgen Vormittag die Banken in Vigàta ab und versuchst in Erfahrung zu bringen, bei welcher Bank Pellegrino sein Geld hat. Es ist sicher nicht die Bank, bei der Gargano war. Falls du da jemand kennst, stell doch mal fest, wie viel Pellegrino hat, ob außer seinem Gehalt noch weiteres Geld überwiesen wird, all so was. Noch einen letzten Gefallen: Wie heißt noch mal der Typ, der fliegende Untertassen und dreiköpfige Drachen sieht?«

Fazio machte ein erstauntes Gesicht, bevor er antwortete.

»Er heißt Antonino Tommasino. Aber passen Sie auf, Dottore: Der ist völlig durchgeknallt, den kann man wirklich nicht ernst nehmen.«

»Fazio, was macht ein Mensch, wenn er schwer krank ist und die Ärzte mit ihrem Latein am Ende sind? Bloß um nicht zu sterben, wendet er sich an einen Hexer, einen Zauberer, einen Scharlatan. Und wie es aussieht, mein lieber Freund, liegen wir zu dieser nachtschlafenden Zeit mit unserem Fall im Sterben. Gib mir die Telefonnummer.«

Fazio ging hinaus und kam mit einem Zettel wieder.

»Das ist seine Zeugenaussage, er ist von sich aus gekommen. Er sagt, er hat kein Telefon.«

»Wohnt er wenigstens irgendwo?«

»*Sissi*, Dottore. Aber es ist kompliziert hinzukommen. Soll ich es Ihnen aufzeichnen?«

Als Montalbano die Haustür öffnete, sah er einen Umschlag im Briefkasten. Er holte ihn heraus und erkannte Livias Handschrift. Aber es war kein Brief, ein Zeitungsausschnitt war darin, ein Interview mit einem alten Philosophen, der in Turin lebte. Neugierig geworden, beschloss er, es gleich zu lesen, noch bevor er nachsah, was Adelinas Nichte ihm in den Kühlschrank gestellt hatte. Der Philosoph sprach auch über seine Familie und sagte: »Wenn man alt wird, zählen persönliche Beziehungen mehr als abstrakte Begriffe.«

Er hatte plötzlich keinen Hunger mehr. Wenn ein Philosoph irgendwann so weit ist, dass ihm die Spekulation weniger wichtig ist als persönliche Beziehungen, wie wichtig kann einem Polizisten auf dem Boulevard der Dämmerung dann eine polizeiliche Ermittlung sein? Diese stillschweigende Frage stellte ihm Livia mit dem Zeitungsausschnitt. Und er musste schweren Herzens zugeben, dass es nur eine Antwort gab: Vielleicht ist eine polizeiliche Ermittlung weniger wichtig als ein abstrakter Begriff. Er schlief schlecht.

Um sechs Uhr morgens war er schon unterwegs. Der Tag versprach schön zu werden, der Himmel war frei und klar, es war windstill. Er hatte die von Fazio gezeichnete Straßenkarte auf den Beifahrersitz gelegt und warf manchmal einen Blick darauf. Tommasino Antonino oder Antonino Tommasino, war ja auch egal, wie er hieß, wohnte auf dem Land, bei Montereale, also nicht sehr weit von Vigàta. Die Schwierigkeit lag darin, den richtigen Weg zu finden, weil man sich leicht verfahren konnte in einer Art Wüste ohne jeden Baum, die narbig war von Karrenwegen, Pfaden, Spuren von Planierraupen und hier und da unterbrochen von kleinen Bauernhäusern und einigen wenigen Landhäusern. Eine Gegend, die alles tat, um nicht im Handumdrehen mit Wochenend-Reihenhäusern zugepflastert zu werden, aber man sah die ersten Anzeichen dafür, wie nutzlos dieser Widerstand war – es gab schon Gräben für Rohrleitungen, Löcher für Strom- und Telegrafenmasten, Trassen für richtige Straßen mit breiten Fahrspuren. Drei- oder viermal fuhr er in der Wüste herum und kam immer zum Ausgangspunkt zurück, Fazios Straßenkarte war zu grob. Als er nicht mehr weiterkam, fuhr er entschlossen zu einem Bauernhof. Er hielt an und stieg aus, die Haustür war offen.

»Ist jemand da?«

»Kommen Sie herein«, rief die Stimme einer Frau.

Ein großer Raum, ordentlich und gepflegt, eine Art Wohn- und Esszimmer, die Möbel alt, aber poliert. Eine Frau um die sechzig, grau gekleidet, gepflegte Erscheinung, trank eine Tasse Kaffee, auf dem Tisch dampfte die Espressokanne.

»Nur eine Auskunft, Signora. Ich wollte fragen, wo Signor Antonino Tommasino wohnt.«

»Der wohnt hier. Ich bin seine Frau.«

Aus irgendeinem Grund hatte er sich Tommasino als halben Vagabunden vorgestellt oder bestenfalls als Bauern, diese schützenswert, da vom Aussterben bedrohte Rasse.

»Ich bin Commissario Montalbano.«

»Ich habe Sie erkannt«, sagte die Frau und wies mit dem Kopf auf den Fernseher in der Ecke. »Ich hole meinen Mann. Trinken Sie derweil einen Kaffee, der ist schön stark.«

»Danke.«

Die Signora schenkte ihm ein, ging hinaus und kam gleich wieder.

»Mein Mann fragt, ob Sie zu ihm kommen könnten, wenn es Ihnen nichts ausmacht.«

Sie gingen durch einen weiß getünchten Flur, die Frau machte ihm ein Zeichen, er solle durch die zweite Tür links treten. Es war ein richtiges Arbeitszimmer, hohe Regale mit Büchern, an den Wänden alte Seekarten. Der Mann, der sich aus einem Sessel erhob und ihm entgegenging, war um die siebzig, hoch gewachsen und aufrecht, er trug einen eleganten Blazer, eine Brille und hatte schönes weißes Haar. Er flößte eine gewisse Scheu ein.

Montalbano hatte sich einen besessen dreinblickenden Halbirren vorgestellt, dem der Speichel aus dem Mundwinkel lief, und war überrascht. Ob das ein Irrtum war?

»Sind Sie Antonino Tommasino?«, fragte er.

Er hätte sicherheitshalber gern hinzugefügt: dieser Kandidat fürs Irrenhaus, der Ungeheuer und fliegende Untertassen sieht?

»Ja. Und Sie sind Commissario Montalbano. Nehmen Sie Platz.«

Er wies auf einen bequemen Sessel.

»Bitte, was kann ich für Sie tun?«

Das war der Haken. Wie sollte er das Gespräch beginnen, ohne Signor Tommasino, der ihm völlig normal vorkam, zu kränken?

»Was lesen Sie denn Schönes?«

Die Frage, die ihm da entschlüpft war, war dermaßen schwachsinnig und absurd, dass er sich schämte. Doch Tommasino lächelte.

»Ich lese gerade das so genannte Rogerbuch von Idrisi, einem arabischen Geografen. Aber Sie sind nicht gekommen, um mich zu fragen, was ich lese. Sie sind gekommen, um zu erfahren, was ich vor etwas mehr als einem Monat eines Nachts gesehen habe. Vielleicht hat man im Kommissariat seine Meinung geändert.«

»Ja, danke«, sagte Montalbano, erleichtert, dass der andere die Initiative ergriff.

Tommasino war nicht nur normal, er war auch ein vornehmer, gebildeter und intelligenter Mann.

»Ich muss eine Frage vorausschicken. Was hat man Ihnen über mich erzählt?«

Montalbano zögerte verlegen. Dann entschied er, dass es immer am besten ist, bei der Wahrheit zu bleiben.

»Man hat mir gesagt, dass Sie manchmal merkwürdige Dinge sehen, Dinge, die nicht existieren.«

»Sie sind sehr freundlich, Commissario. Kurz gesagt, es heißt von mir, ich sei verrückt. Ein ruhiger Verrückter, ein Bürger, der seine Steuern zahlt, das Gesetz achtet, weder öffentliches Ärgernis erregt noch gewalttätig ist, niemanden bedroht, seine Frau nicht misshandelt, in die Kirche geht, Kinder und Enkel großgezogen hat, aber eben spinnt. Sie haben ganz Recht: Ich sehe hin und wieder Dinge, die nicht existieren.«

»Entschuldigen Sie«, sagte Montalbano. »Was machen Sie?«

»Beruflich, meinen Sie? Ich habe am Gymnasium Montelusa Erdkunde unterrichtet. Ich bin schon seit Jahren pensioniert. Darf ich Ihnen eine Geschichte erzählen?«

»Natürlich.«

»Ich habe einen Enkel, Michele, der jetzt vierzehn Jahre alt ist. Vor etwa zehn Jahren kam mein Sohn mit Frau und Kind einmal zu Besuch. Das tut er auch heute noch, Gott sei Dank. Michele und ich spielten draußen. Plötzlich fing Michele an zu brüllen, er rief, vor dem Haus seien lauter schreckliche wütende Drachen: Ich spielte mit und schrie ganz erschrocken. Da ist der Kleine vor meiner Angst erschrocken, und er wollte mich beruhigen. Großvater, hat er gesagt, schau, die Drachen gibt's nicht in echt, du brauchst keine Angst haben. Ich hab sie nur zum Spiel erfunden. Commissario, glauben Sie mir, mir ergeht es seit einigen Jahren wie meinem Enkel Michele. Ein Teil meines Hirns muss sich, aus unerfindlichen Gründen und auf irgendeine Weise, ins Kindesalter zurückbegeben haben. Doch anders als der Kleine halte ich, was ich sehe, für real, und ich halte es eine gewisse Zeit lang für real. Das vergeht dann wieder, und mir wird bewusst, dass ich etwas nicht Existierendes gesehen habe. Ist das bis hierher zu verstehen?«

»Vollkommen«, sagte der Commissario.

»Darf ich Sie jetzt fragen, was ich gesehen haben soll?«

»Na ja, ich glaube, ein Seeungeheuer mit drei Köpfen und eine fliegende Untertasse.«

»Sonst nichts? Hat man Ihnen nicht gesagt, dass ich auch gesehen habe, wie sich ein Schwarm Fische mit Blechflügeln auf einem Baum niederließ? Oder dass ein Zwerg von der Venus plötzlich bei mir in der Küche stand und um eine Zigarette bat? Sollen wir hier Schluss machen, damit wir nicht durcheinander kommen?«

»Wie Sie wollen.«

»Dann zähle ich auf, was ich Ihnen gesagt habe und was Sie bereits wussten. Ein dreiköpfiges Seeungeheuer, eine fliegende Untertasse, ein Schwarm Fische mit Blechflügeln, ein Venuszwerg. Sie stimmen mir zu, dass alle diese Dinge nicht existieren?«

»Natürlich.«

»Wenn ich also zu Ihnen komme und sage: Ich habe letzte Nacht ein Auto gesehen, das so und so aussieht, warum glauben Sie mir dann nicht? Sind Autos etwa ein Produkt der Fantasie, existieren sie nicht? Ich rede von etwas ganz Alltäglichem, von einem echten Auto mit vier Rädern, Kennzeichen, zugelassen, ich sage nicht, dass ich auf einen Weltraum-Tretroller gestoßen wäre, mit dem man zum Mars fahren kann!«

»Zeigen Sie mir, wo Sie Garganos Auto gesehen haben«, sagte Montalbano.

Er hatte einen wertvollen Zeugen gefunden, dessen war er sicher.

Elf

In der kurzen Zeit, die er im Haus verbracht hatte, war das Wetter umgeschlagen. Ein jähzorniger, kalter Wind mit Böen wie Prankenhiebe eines wütenden Tieres war aufgekommen. Vom Meer her schoben sich schwere, pralle Wolken aufs Land zu. Montalbano saß am Steuer, folgte Professore Tommasinos Anweisungen und ließ sich derweil die Geschichte näher erklären.

»Wissen Sie bestimmt, dass es die Nacht vom 31. August auf den 1. September war?«

»Hundertprozentig.«

»Was macht Sie so sicher?«

»Weil ich da gerade dachte, dass Gargano mir am nächsten Tag, dem 1. September, die Rendite auszahlen würde, als ich sein Auto sah. Ich wunderte mich.«

»Verzeihen Sie, Professore, sind Sie denn auch ein Opfer von Gargano?«

»Ja, ich war so dumm, ihm zu glauben. Um dreißig Millionen hat er mich geprellt. Als ich dann sein Auto sah, wunderte ich mich zwar, aber ich freute mich auch. Ich glaubte, er würde Wort halten. Doch am nächsten Morgen erfuhr ich, dass er nicht erschienen war.«

»Wieso wunderten Sie sich, als Sie den Wagen sahen?«

»Aus vielerlei Gründen. Angefangen bei der Stelle, an der er stand. Sie werden sich auch wundern, wenn wir hinkommen. Sie heißt Punta Pizzillo. Und dann die Uhrzeit: Es war bestimmt nach Mitternacht.«

»Haben Sie auf die Uhr gesehen?«

»Ich habe keine Uhr, tagsüber richte ich mich nach der Sonne; wenn es dunkel ist, nach dem Geruch der Nacht: Ich habe eine Art natürliche Zeitansage, die in meinem Körper sitzt.«

»Sagten Sie ›Geruch der Nacht‹?«

»Ja. Je nach Uhrzeit riecht die Nacht verschieden.«

Montalbano hakte nicht nach. Er sagte:

»Vielleicht war Gargano in Begleitung und wollte ungestört sein.«

»Dottore Montalbano, der Ort ist so abgeschieden, dass er nicht mehr sicher ist. Erinnern Sie sich, wie dort vor zwei Jahren ein Pärchen überfallen wurde? Und dann habe ich mich gefragt: Wieso sollte Gargano, bei seinem ganzen Geld, seiner Position, der Verpflichtung, den Schein zu wahren, es nötig haben, wie irgendein dahergelaufener Typ im Auto zu bumsen?«

»Darf ich Sie fragen – es steht Ihnen natürlich frei, nicht zu antworten –, was Sie in der, wie Sie sagen, so einsamen Gegend und um diese Uhrzeit wollten?«

»Ich gehe nachts spazieren.«

Montalbano beherrschte sich und stellte keine weiteren Fragen. Nicht mal fünf Minuten später, die sie schweigend verbrachten, sagte der Lehrer:

»Wir sind da. Das ist Punta Pizzillo.«

Er stieg zuerst aus, gefolgt vom Commissario. Sie standen auf einem kleinen Plateau wie auf einem Schiffsbug, vollkommen öde, ohne Bäume, nur hier und da ein Büschel Mohrenhirse oder ein Kapernstrauch. Der Rand des Plateaus war etwa zehn Meter entfernt, dahinter musste ein Steilhang zum Meer hin abfallen.

Montalbano ging ein paar Schritte, dann hielt Tommasinos Stimme ihn auf.

»Vorsicht, der Boden ist brüchig. Garganos Wagen stand da, wo jetzt Ihrer steht, in der gleichen Position, mit dem Kofferraum zum Meer hin.«

»Von wo kamen Sie?«

»Von Vigàta.«

»Das ist weit.«

»Nicht so weit, wie man meint. Von hier nach Vigàta braucht man zu Fuß eine Dreiviertel-, höchstens eine Stunde. Ich kam aus dieser Richtung, musste also notgedrungen an der Kühlerhaube des Autos vorbei, in fünf oder sechs Schritt Entfernung. Es sei denn, ich hätte einen weiten Bogen landeinwärts gemacht, um nicht daran vorbeizumüssen. Aber warum hätte ich nicht vorbeigehen sollen? So erkannte ich es. Das Mondlicht war hell genug.«

»Konnten Sie das Kennzeichen sehen?«

»Sie scherzen wohl. Da hätte ich so nah rangehen müssen, dass ich mit der Nase dran geklebt hätte, um es zu lesen.«

»Aber wenn Sie das Kennzeichen nicht gesehen haben, woher wissen Sie dann …«

»Ich habe das Modell erkannt. Es war ein Alfa 166. Dasselbe Auto, in dem er letztes Jahr zu mir nach Hause kam, um mir mein Geld abzuknöpfen.«

»Was haben Sie für ein Auto?«, fragte da der Commissario.

»Ich? Ich habe nicht mal einen Führerschein.«

Die Nacht vertan und ein Mädchen geboren, dachte Montalbano enttäuscht. Professore Tommasino war ein Irrer, der nicht existierende Dinge sah, aber wenn er existierende Dinge sah, rückte er sie sich nach Gutdünken zurecht. Der Wind war kälter geworden, der Himmel hatte sich zugezogen. Wieso verlor er seine Zeit an diesem trostlosen Ort? Doch der Lehrer musste die Enttäuschung des Commissario irgendwie gespürt haben.

»Wissen Sie, Commissario, ich habe eine Marotte.«

O Gott, noch eine? Montalbano war besorgt. Und wenn der einen Anfall bekam und schrie, er würde Luzifer in Person sehen, wie sollte er sich dann verhalten? So tun, als wäre nichts? Sich ins Auto setzen und das Weite suchen?

»Meine Marotte«, fuhr Tommasino fort, »sind Automobile. Ich habe italienische und ausländische Fachzeitschriften abonniert. Ich könnte an einem Fernsehquiz zu diesem Thema teilnehmen und würde sicher gewinnen.«

»Saß jemand in dem Wagen?«, fragte der Commissario, der sich mittlerweile damit abgefunden hatte, dass der Lehrer völlig unberechenbar war.

»Nun, da ich wie gesagt von dort drüben kam, konnte ich das Auto eine Zeit lang sozusagen im Profil beobachten. Als ich dann näher kam, hätte ich feststellen können, ob im Inneren die Silhouetten von Menschen zu sehen waren. Ich habe keine bemerkt. Vielleicht haben sich die Leute im Auto geduckt, als sie einen Schatten näher kommen sahen. Ich ging vorbei, ohne mich umzudrehen.«

»Haben Sie dann gehört, wie der Motor angelassen wurde?«

»Nein. Aber ich glaube, wohlgemerkt, glaube, dass der Kofferraum offen stand.«

»Und war jemand neben dem Kofferraum?«

»Nein, niemand.«

Montalbano kam eine Idee, so simpel, dass es ihm fast peinlich war.

»Professore, würden Sie sich bitte dreißig Schritte entfernen und dann auf dem gleichen Weg, den Sie in besagter Nacht gingen, wieder zu meinem Auto hinlaufen?«

»Natürlich«, sagte Tommasino. »Ich laufe gern.«

Während der Lehrer sich umdrehte und losmarschierte, öffnete Montalbano den Kofferraum und hockte sich dann hinter sein Auto; den Kopf hob er nur so weit, dass er durch die Fenster der Hintertüren Tommasino beobachten konnte, der die dreißig Schritte gelaufen war und sich jetzt umdrehte und wieder zurückging. Da senkte Montalbano den Kopf und machte sich ganz unsichtbar. Als er schätzte, dass der Lehrer auf Höhe des Autos angekommen war, bewegte er sich in der Hocke bis zum Kofferraum. Er rutschte noch weiter, bis er auf der anderen Seite war, als er merkte, dass der Lehrer vorbeigelaufen war: eine überflüssige Vorsichtsmaßnahme, weil er gesagt hatte, er habe sich nie umgedreht. Da richtete Montalbano sich wieder auf.

»Danke, Professore, das reicht.«

Tommasino sah ihn verwirrt an.

»Wo haben Sie sich versteckt? Ich habe den offenen Kofferraum gesehen, aber das Auto war leer, und Sie waren nirgends.«

»Sie kamen von dort, und als Gargano Ihren Schatten kommen sah…«

Er verstummte. Der Himmel spitzte plötzlich hervor. Eine kleine Lücke, ein Riss hatte sich in dem schwarzen, einförmigen Wolkengewebe gebildet, und durch dieses Schlupfloch hatte sich ein Sonnenstrahl seinen Weg gebahnt, leuchtend und fast ausschließlich begrenzt auf die Stelle,

an der sie sich befanden. Montalbano musste lachen. Sie wirkten wie zwei vom göttlichen Licht angestrahlte Figuren auf einem naiven Exvoto. Und in diesem Augenblick sah er etwas, was nur dieser spezielle Lichtkegel, fast ein Theaterscheinwerfer, hatte sichtbar machen können. Er spürte einen kalten Schauer, und in seinem Kopf schlug das wohl bekannte Glöckchen an.
»Ich bringe Sie zurück«, sagte er zu dem Lehrer, der auf die Fortsetzung der Erklärung wartete und ihn fragend ansah.

Er verabschiedete sich von Tommasino, den er am liebsten umarmt hätte, und raste wie ein Irrer zu der Stelle zurück. In der Zwischenzeit waren keine anderen Autos angekommen, die ihn gestört hätten. Er hielt an, stieg aus, ging langsam näher, einen Fuß vor den anderen setzend, den Blick immer auf den Boden geheftet, bis an den Rand des Abgrunds. Der hilfreiche Lichtstrahl war nicht mehr da, dieser Strahl, der wie der Lichtkegel einer Taschenlampe im Dunkeln gewesen war, aber er wusste ja, wonach er suchen musste.
Dann streckte er sich langsam vor und blickte hinunter. Das Plateau bestand aus einer Erdschicht auf Mergel. Und tatsächlich stürzte eine glatte weiße Mergelwand senkrecht ins Meer, das dort mindestens zehn Meter tief sein musste. Das Wasser war dunkelgrau wie der Himmel. Er wollte keine Zeit mehr verlieren. Er blickte ein-, zwei-,

dreimal ringsum, um sich feste Anhaltspunkte zu merken. Dann setzte er sich wieder ins Auto und fuhr schnell ins Kommissariat.

Fazio war nicht da, dafür aber, unvermutet, Mimì Augello.

»Bebas Vater geht's besser. Wir haben die Hochzeit um einen Monat verschoben. Gibt es Neuigkeiten?«

»Ja, Mimì. Allerdings.«

Er erzählte ihm alles, und am Ende blieb Augello der Mund offen stehen.

»Und was willst du jetzt tun?«

»Du musst mir ein Schlauchboot mit einem starken Außenborder besorgen. In einer Stunde müsste die Fahrt zu schaffen sein, auch wenn das Wetter nicht gerade gut ist.«

»Salvo, du kriegst doch einen Herzinfarkt. Verschieb es. Heute ist das Wasser bestimmt eiskalt. Und entschuldige, wenn ich das sage, aber du bist nicht mehr der Jüngste.«

»Besorg mir ein Schlauchboot, und hör auf zu nerven.«

»Hast du wenigstens einen Taucheranzug? Pressluftflaschen?«

»Einen Anzug müsste ich zu Hause noch irgendwo haben. Pressluft habe ich nie benutzt. Ich halte die Luft an.«

»Salvo, du hast früher mal die Luft angehalten. Das hast du seit Jahren nicht mehr gemacht. Und all die Jahre über hast du geraucht. Du weißt nicht, wie deine Lungen aussehen.

Wie lange kannst du also unter Wasser bleiben? Zwanzig Sekunden, wenn wir großzügig sein wollen?«

»Das ist doch lächerlich.«

»Das mit dem Rauchen findest du lächerlich?«

»Jetzt hört doch mal auf mit dieser Rauchgeschichte! Klar ist das schlecht für den, der raucht. Aber eurer Meinung nach zählt der Smog nicht, der Elektrosmog zählt nicht, abgereichertes Uran ist gesund, Schlote richten keinen Schaden an, Tschernobyl hat die Landwirtschaft aufgepäppelt, die Uran- oder Was-auch-immer-Fische sind besonders nahrhaft, Dioxin wirkt stärkend, die verrückte Kuh, die Maul- und Klauenseuche, transgene Nahrungsmittel, die Globalisierung bescheren euch das Paradies auf Erden. Was schädigt und Millionen von Menschen umbringt, ist einzig und allein das Passivrauchen. Weißt du, wie der Slogan der nächsten Jahre lauten wird? Tut was für die Umwelt – schnieft Kokain.«

»Ist ja gut, reg dich ab«, sagte Mimì. »Ich besorg dir das Schlauchboot. Aber unter einer Bedingung.«

»Welcher?«

»Ich komme mit.«

»Wozu denn?«

»Nur so, ich mag dich nicht allein lassen, ich würde mich mies fühlen.«

»Also gut. Um zwei am Hafen, ich darf ja sowieso nicht mit vollem Magen. Sag bloß niemand, was wir vorhaben.

Wenn am Ende zufällig rauskommt, dass ich mich geirrt habe, lachen die sich im Kommissariat doch dumm und dämlich über uns.«

Montalbano machte die Erfahrung, wie schwierig es war, einen Taucheranzug an Bord eines Schlauchbootes anzuziehen, das über ein nicht gerade ruhig zu nennendes Meer flitzte. Mimì saß am Ruder, er wirkte nervös und besorgt.

»Wird's dir schlecht bei dem Seegang?«, fragte der Commissario irgendwann.

»Nein, mir wird's vor mir selber schlecht.«

»Wieso?«

»Weil mir hin und wieder klar wird, wie blöd ich bin, dass ich deine genialen Aktionen mitmache.«

Weiter redeten sie nichts. Sie sprachen erst wieder, als sie, nach mehreren Anläufen, von der Seeseite her Punta Pizzillo erreichten, wo Montalbano am Morgen an Land gewesen war. Die Mergelwand ragte ohne Vorsprünge oder Einbuchtungen in die Höhe. Mimì blickte sie finster an.

»Wir sind gefährlich nah an der Wand«, sagte er.

»Dann pass halt auf« war alles, was der Commissario zur Ermunterung sagte; er machte sich daran, bäuchlings über den Rand des Schlauchbootes zu rutschen.

»Du siehst aber nicht sehr entspannt aus«, sagte Mimì.

Montalbano sah ihn an, er konnte sich nicht überwinden,

ins Wasser zu gehen. Er war hin- und hergerissen. Das Verlangen, unter Wasser zu überprüfen, ob er richtig gesehen hatte, war sehr stark, aber ebenso stark war der Impuls, alles sausen zu lassen. Der Tag tat ein Übriges, der Himmel war so schwarz, dass er fast nächtliches Licht verbreitete, der Wind war sehr kalt geworden. Er gab sich einen Ruck, auch weil er sich nie im Leben vor Augello blamiert und einen Rückzieher gemacht hätte. Er ließ los.

Augenblicklich befand er sich in einer so tiefen, undurchdringlichen Dunkelheit, dass er gar nicht mehr wusste, in welcher Lage sein Körper im Wasser schwamm. War er waagrecht oder senkrecht? Einmal war er nachts in seinem Bett aufgewacht und hatte sich nicht mehr zurechtgefunden, er hatte nicht mehr gewusst, wo die bekannten Anhaltspunkte waren, das Fenster, die Tür, die Zimmerdecke. Mit dem Rücken stieß er an etwas Hartes. Er schwamm weg. Mit der Hand berührte er eine schleimige Masse. Er spürte, wie sie ihn umschlang. Er schlug um sich und befreite sich von ihr. Dann versuchte er hektisch, zweierlei zu tun: sich gegen die absurde Angst, die ihn ergriff, zu wehren und die Taschenlampe vom Gürtel zu nehmen. Schließlich schaffte er es, sie anzuschalten. Voller Schrecken sah er keinen Lichtkegel, die Lampe funktionierte nicht. Dann zog eine starke Strömung ihn langsam hinunter.

Wie kann man nur so leichtsinnig sein?, fragte er sich betrübt.

Aus der Angst wurde Panik. Er konnte sich nicht gegen sie wehren und tauchte blitzschnell auf, wobei er mit dem Kopf gegen Augellos Gesicht knallte, der sich weit aus dem Boot gelehnt hatte.

»Du hättest mir fast die Nase blutig geschlagen«, sagte Mimì und befingerte sie.

»Dann geh halt weg da«, erwiderte der Commissario und klammerte sich an das Schlauchboot. War das möglich, dass es schon Nacht war? Er sah immer noch nichts. Er hörte nur, dass er keuchte, als läge er im Sterben.

»Warum machst du deine Augen nicht auf?«, fragte Augello besorgt.

Erst da begriff der Commissario, dass er die ganze Zeit über beim Tauchen die Augen fest geschlossen hatte, eine hartnäckige Weigerung, zu akzeptieren, was er tat. Er öffnete die Augen. Zur Bestätigung schaltete er die Taschenlampe an, die einwandfrei funktionierte. Ein paar Minuten verharrte er so, sich im Stillen verfluchend, und als er spürte, dass sein Herzschlag wieder normal war, ließ er sich erneut hinunter. Jetzt war er ruhig, die Angst vorhin war bestimmt auf diese erste unangenehme Begegnung mit dem Meer zurückzuführen. Eine natürliche Reaktion. Er war in fünf Meter Tiefe. Als er den Lichtstrahl weiter nach unten richtete, fuhr er zusammen, er traute seinen

Augen nicht. Er schaltete die Taschenlampe aus, zählte langsam bis drei, knipste sie wieder an.

Drei, vier Meter weiter unten steckte, eingekeilt zwischen der Wand und einem weißen Felsen, ein Autowrack. Vor Aufregung ließ er die Luft aus der Lunge. Rasch tauchte er wieder auf.

»Fündig geworden? Zackenbarsche? Stöcker?«, spottete Mimì, der sich ein nasses Taschentuch an die Nase hielt.

»Hab ich Schwein gehabt, Mimì. Das Auto ist da unten. Es wurde runtergeworfen oder ist abgestürzt. Ich hatte heute Morgen richtig gesehen, die Reifenspuren gehen oben bis an die Kante. Ich geh jetzt noch mal runter und seh was nach, dann fahren wir zurück.«

Mimì hatte in weiser Voraussicht eine Plastiktüte mit Handtüchern und eine noch nicht angebrochene Flasche Whisky mitgenommen. Mit seinen Fragen wartete Augello, bis der Commissario den Taucheranzug ausgezogen und sich abgetrocknet und wieder angekleidet hatte. Er wartete noch, bis sein Chef gierig getrunken hatte, und trank dann selbst. Schließlich fragte er:

»Und? Was hast du zwanzigtausend Meilen unter dem Meer gesehen?«

»Mimì, du machst jetzt einen auf witzig, weil du nicht zugeben willst, dass ich dir um Nasenlängen voraus bin. Du hast diesen Fall auf die leichte Schulter genommen, das hast du selber gesagt, und jetzt hab ich's dir gezeigt. Gib mir die Flasche.«

Er nahm einen tiefen Schluck und reichte die Flasche Augello, der es ihm nachtat. Aber nach Montalbanos Worten war der Genuss natürlich etwas geschmälert.

»Also?«, fragte er geknickt.

»In dem Auto ist eine Leiche. Ich weiß nicht, wer es ist, sie sieht ziemlich übel aus. Bei dem Aufprall haben sich die Türen geöffnet, kann sein, dass eine zweite Leiche in der Nähe ist. Der Kofferraum ist auch offen. Und weißt du, was noch drin ist? Ein Moped. Das wär's.«

»Und was tun wir jetzt?«

»Der Fall gehört uns nicht. Also informieren wir die zuständige Stelle.«

Die beiden Herren, die aus dem Schlauchboot kletterten, waren ohne Zweifel Commissario Salvo Montalbano und sein Stellvertreter, Dottor Domenico »Mimì« Augello, die beiden bekannten Gesetzeshüter. Aber die Leute, denen sie begegneten, waren etwas irritiert. Die beiden gingen untergehakt, torkelten ziemlich und trällerten »La donna è mobile« vor sich hin.

Im Kommissariat wuschen sie sich, machten sich zurecht und ließen sich zwei Tassen Espresso bringen. Dann sagte Montalbano:

»Ich gehe raus und rufe Montelusa an.«

»Kannst du das nicht von hier aus machen?«

»Eine Telefonzelle ist sicherer.«

»*Brondo?* Is Guanodda da?«, fragte der Commissario mit Schnupfenstimme.

»Dottor Guarnotta meinen Sie?«

»Ja.«

»Wer ist dran?«

»General Jaruzelski.«

»Augenblick bitte«, sagte der Beamte in der Telefonvermittlung beeindruckt.

»*Pronto?* Hier ist Guarnotta. Ich habe nicht verstanden, wer ist am Apparat?«

»Doddore, heren Sie zu un schdellen Sie kaine Fragn.«

Es war ein langes, gequältes Gespräch, aber am Ende begriff Dottor Guarnotta von der Questura Montelusa, dass er von einem unbekannten Polen eine wertvolle Information bekommen hatte.

Es war sieben Uhr abends, und noch immer keine Spur von Fazio im Kommissariat. Montalbano rief seinen Freund Nicolò Zito an, den Journalisten von »Retelibera«.

»Willst du die Kassette, die Annalisa für dich zusammengestellt hat, doch noch haben?«

»Welche Kassette?«

»Die mit den Beiträgen über Gargano.«

Das hatte er völlig vergessen, aber er gab vor, genau deshalb anzurufen.

»Bist du da, wenn ich in einer halben Stunde vorbeikomme?«

Als er bei »Retelibera« ankam, wartete Zito schon an der Tür, die Kassette in der Hand:

»Los, ich hab's eilig, ich muss die Nachrichten machen.«

»Danke, Nicolò. Ein Tipp: Behalte Guarnotta ab jetzt im Auge. Und wenn du kannst, berichte mir.«

Nicolò hatte es plötzlich überhaupt nicht mehr eilig, er spitzte die Ohren, er wusste sehr gut, dass ein halbes Wort von Montalbano mehr wert war als ein dreistündiges Gespräch.

»Wieso, ist was?«

»Ja.«

»Hat es was mit Gargano zu tun?«

»Ich glaube, ja.«

In der Trattoria »San Calogero« überkam ihn ein solcher Heißhunger, dass sogar der Wirt staunte, obwohl er ihn oft essen sah:

»Dottore, was ist los? Haben Sie ein Leck?«

Er kam überglücklich in Marinella an. Nicht wegen der Geschichte mit dem Auto, die war ihm im Augenblick ziemlich egal, nein, er war stolz, dass er sich immer noch auf so anstrengende Tauchtouren einlassen konnte.

»Ich möchte mal sehen, wie viele junge Leute so was schaffen würden!«
Von wegen alt! Wie hatte er nur auf diese dummen Gedanken mit dem Alter kommen können? Es war noch nicht so weit!
Als er die Kassette in den Kassettenrecorder schieben wollte, fiel sie auf den Boden. Er bückte sich, um sie aufzuheben, und verharrte in dieser halb gebeugten Haltung, ein bohrender Schmerz im Rücken machte jede Bewegung unmöglich.
Niederträchtig rächte sich das Alter.

Zwölf

Was da ertönte, war das Telefon, nicht die Geige von Maestro Cataldo Barbera, der ihm gerade im Schlaf erschienen war und gesagt hatte:

»Lauschen Sie diesem Concertino.«

Er schlug die Augen auf und sah auf den Wecker: fünf vor acht.

Es kam sehr selten vor, dass er so spät wach wurde. Als er aufstand, stellte er befriedigt fest, dass die Rückenschmerzen vergangen waren.

»Pronto?«

»Salvo, hier ist Nicolò. In den Acht-Uhr-Nachrichten kommt ein Live-Bericht von mir. Sieh's dir an.«

Montalbano schaltete den Fernseher an und stellte »Retelibera« ein. Nach der Erkennungsmelodie erschien Nicolòs Gesicht. In wenigen Worten sagte er, er befinde sich an Punta Pizzillo, denn in der Questura Montelusa sei der Anruf eines polnischen Admirals eingegangen, dass dort ein Auto ins Meer gestürzt sei. Dottor Guarnotta habe die brillante Intuition gehabt, es könnte sich um den Alfa 166 von Ragioniere Emanuele Gargano handeln. Er habe deshalb unverzüglich die Bergung des Wagens veranlasst. Die Bergung sei jedoch noch nicht abgeschlossen. Schnitt. Der Kameramann zoomte schwindelerregend schnell ein kleines Stück Meer am Fuß des Abgrunds heran.

Das Auto, erklärte Zito aus dem Off, liege dort in etwa zehn Meter Tiefe, buchstäblich eingekeilt zwischen der Mergelwand und einem großen Felsen. Der Kameramann fuhr in die Totale, und auf dem Bildschirm erschienen ein großer Ponton mit einem Kran und ein Dutzend Motor-, Schlauch- und Fischerboote. Das Unternehmen werde im Lauf des Tages fortgesetzt, fügte Zito hinzu, aber inzwischen hätten die Taucher eine Leiche heraufgeholt, die in dem Wrack eingeklemmt gewesen sei. Schnitt. An Deck eines Fischkutters lag ein Körper, ein Mann hockte neben dem Toten. Es war Dottor Pasquano.

Stimme eines Journalisten: »Entschuldigen Sie, Dottore, ist er Ihrer Meinung nach bei dem Absturz gestorben oder wurde er vorher umgebracht?«

Pasquano (kaum den Blick hebend): »Ihr könnt mich alle (bip)…«

Wie immer bezaubernd liebenswürdig.

»Jetzt hat der Leiter der Ermittlungen das Wort«, sagte Nicolò.

Alle standen nah nebeneinander, wie auf einem Foto: eine vielköpfige Familie bei einer Aufnahme im Freien. Polizeipräsident Bonetti-Alderighi, Staatsanwalt Tommaseo, der Chef der Spurensicherung Arquà, der leitende Ermittler Commissario Guarnotta. Alle lachend, als befänden sie sich auf einem Fest, und alle gefährlich nahe am brüchigen Rand des Abgrunds. Montalbano verscheuchte den gemeinen Gedanken, der ihm gekommen war, aber den Abgang des halben Polizeipräsidiums Montelusa live mitzuerleben wäre zumindest ein außergewöhnliches Schauspiel gewesen.

Der Questore dankte allen, vom Ewigen Vater bis zum untersten Wachtmeister, für den Einsatz, den sie bei der Durchführung und so weiter und so fort. Staatsanwalt Tommaseo sagte, ein Sexualverbrechen sei auszuschließen, weshalb ihn die ganze Geschichte nicht die Bohne interessiere. Diesen zweiten Teil des Satzes sagte er in Wirklichkeit nicht, aber sein Gesichtsausdruck gab genau das zu verstehen. Arquà, der Chef der Spurensicherung, gab kund, dass sich der Wagen schätzungsweise seit einem Monat im Wasser befinde. Wer am meisten redete, war Guarnotta, aber nur, weil Zito als guter Journalist merkte, dass die Live-Sendung ein Reinfall zu werden drohte und dass er, um zu retten, was zu retten war, selbst die geeigneten Fragen stellen musste.

»Dottor Guarnotta, wurde die Leiche aus dem Auto zweifelsfrei identifiziert?«

»Es gibt noch keine offizielle Identifizierung, aber wir können davon ausgehen, dass es sich, mit großer Wahrscheinlichkeit, um Giacomo Pellegrino handelt.«

»War er allein im Auto?«

»Dazu können wir nichts sagen. Im Wageninneren war nur diese Leiche, aber es ist nicht ausgeschlossen, dass sich eine zweite Person darin befand, die beim Aufprall des Autos auf dem Wasser womöglich weit weg geschleudert wurde. Unsere Taucher suchen die Gegend gründlich ab.«

»Könnte diese zweite Leiche die von Gargano sein?«

»Könnte sie.«

»Lebte Giacomo Pellegrino noch, als das Auto hinunterstürzte, oder wurde er vorher umgebracht?«

»Das werden wir nach der Obduktion wissen. Aber es ist nicht gesagt, dass es sich um ein Verbrechen handelt. Es kann sich auch um einen Unfall handeln. Sie sehen ja, der Boden hier ist sehr …«

Er brachte den Satz nicht zu Ende. Der Kameramann fing die Szene in einer Totalen ein. Hinter der Gruppe brach ein breiter Streifen Erdreich ab. Wie in einem gut eingespielten Ballett stießen alle einen Schrei aus und machten gleichzeitig einen Satz nach vorn. Montalbano fuhr halb aus seinem Sessel hoch, wie es auch vorkam, wenn er Abenteuerfilme wie *Jäger des verlorenen Schatzes* sah. Als sie sich in Sicherheit gebracht hatten, fuhr Zito fort:

»Wurde sonst etwas in dem Auto gefunden?«

»Es war noch nicht möglich, das Wageninnere zu inspizieren. In unmittelbarer Nähe des Autos wurde ein Moped entdeckt.«

Montalbano horchte auf. Damit war die Live-Sendung zu Ende.

Was bedeutete »in unmittelbarer Nähe«? Er hatte das Moped mit eigenen Augen im Kofferraum gesehen, Irrtum ausgeschlossen. Und jetzt? Es konnte nur zwei Erklärungen geben: Entweder hatte es irgendein Taucher, auch ohne jeden Hintergedanken, dort herausgeholt, oder Guarnotta sagte wissentlich die Unwahrheit. Aber in diesem zweiten Fall: zu welchem Zweck? Hatte Guarnotta eine bestimmte Vorstellung, und versuchte er alle Einzelheiten in seinem Gesamtbild aufeinander abzustimmen?

Das Telefon klingelte. Es war wieder Zito.

»Hat dir der Bericht gefallen?«

»Ja, Nicolò.«

»Danke dafür, dass ich der Konkurrenz eins auswischen konnte.«

»Bist du dahinter gekommen, was Guarnotta denkt?«

»Man braucht nicht dahinter zu kommen, weil Guarnotta seine Gedanken nicht verbirgt, er äußert sich klar. Allerdings nur im privaten Kreis. Er findet, es ist zu früh für öffentliche Erklärungen. Seiner Meinung nach ist Gargano der Mafia zu nahe getreten. Direkt, indem er die Kohle von irgendeinem Mafioso eingesteckt hat, oder indirekt, indem er sich auf einem Terrain breit gemacht hat, auf dem er weder säen noch pflügen durfte.«

»Aber was hat Pellegrino damit zu tun, der arme Kerl?«

»Pellegrino hatte das Pech, dass er sich in Garganos Begleitung befand. Ich gebe wohlgemerkt Guarnottas Meinung wieder. Also haben sie alle beide getötet und dann in das Auto verfrachtet und ins Meer geworfen. Danach, oder vorher, aber das ist unwichtig, haben sie auch Pellegrinos Moped ins Meer geworfen. Eine Frage von Stunden, bis wir Garganos Leiche in der Nähe des Autos finden werden, falls die Strömung ihn nicht fortgeschwemmt hat.«

»Überzeugt dich das?«

»Nein.«

»Wieso nicht?«

»Erklär mir mal, was Pellegrino und Gargano mitten in der Nacht an diesem einsamen Platz wollten. Da geht man doch nur zum Ficken hin. Und ich wüsste nicht, dass Gargano und Pellegrino ...«

»Solltest du aber.«

Nicolò gab eine Art Gurgeln von sich, die Luft war ihm weggeblieben.

»Was redest du da?!«

»Für weitere Einzelheiten kommen Sie bitte um elf Uhr heute Vormittag ins Kommissariat von Vigàta«, sagte Montalbano im Ton einer Ansagerin im Supermarkt.

Während er auflegte, kam ihm ein Gedanke; daraufhin musste er sich sofort anziehen und das Haus verlassen, ohne sich vorher zu waschen und zu rasieren. In wenigen Minuten war er in Vigàta, und vor dem Büro der »König Midas« wurde er endlich etwas ruhiger: Es war noch geschlossen. Er parkte und blieb im Auto sitzen. Dann sah er im Rückspiegel, wie sich ein alter gelber Cinquecento näherte, ein Liebhaberobjekt. Das Auto fand kurz vor Montalbanos Auto einen Platz. Signorina Mariastella Cosentino stieg bedrückt aus und öffnete die Eingangstür der »König Midas«. Der Commissario ließ ein paar Minuten verstreichen, dann ging er hinein. Mariastella saß schon an ihrem Platz, regungslos, eine Statue, die rechte Hand auf dem Telefon in Erwartung eines Anrufs, jenes speziellen Anrufs, der nie kommen würde. Sie gab nicht auf. Sie besaß keinen Fernseher, und vielleicht hatte sie auch keine Freunde, möglicherweise wusste sie also noch nicht, dass man Pellegrino und Garganos Wagen gefunden hatte.
»Guten Morgen, Signorina, wie geht es Ihnen?«
»Es geht, danke.«
Am Klang ihrer Stimme merkte der Commissario, dass Mariastella keine Ahnung hatte, was geschehen war. Jetzt musste er die Karte, die er in der Hand hatte, geschickt und klug ausspielen; Mariastella Cosentino war imstande und igelte sich noch mehr ein, als sie es sowieso schon tat.
»Wissen Sie schon das Neueste?«, fing er an.

Wie bitte?! Erst nimmst du dir vor, die Angelegenheit geschickt und klug zu handhaben, und dann kommst du mit einem so direkten, brutalen und banalen ersten Satz, dass nicht mal Catarella…? Dann kannst du ja gleich weitermachen und alles niederwalzen, und dann gute Nacht! Dass Mariastella überhaupt zuhörte, war nur daran zu merken, dass sie den Blick auf den Commissario heftete, aber sie öffnete nicht den Mund, stellte keine Frage.

»Die Leiche von Giacomo Pellegrino ist gefunden worden.«

Herrgott noch mal, würdest du bitte irgendeine Reaktion zeigen?

»Sie war im Meer, im Auto von Ragioniere Gargano.«

Endlich tat Mariastella etwas, was sie von einem leblosen Gegenstand zu einer Angehörigen der menschlichen Spezies beförderte. Sie bewegte sich, hob langsam die Hand vom Telefonhörer und faltete sie in die andere, wie zum Gebet. Jetzt waren Mariastellas Augen weit aufgerissen, sie fragten, fragten. Und Montalbano hatte Mitleid und gab ihr Antwort.

»Er war nicht darin.«

Mariastellas Augen wurden wieder normal. Wie unabhängig vom übrigen, immer noch reglosen Körper bewegte sich ihre Hand erneut und legte sich langsam auf das Telefon. Das Warten konnte von vorn beginnen.

Da überkam Montalbano eine dumpfe Wut. Er steckte den Kopf durch den Schalter und war jetzt Auge in Auge mit der Frau.

»Du weißt ganz genau, dass er dich nie wieder anrufen wird«, zischte er.
Er kam sich vor wie eine Schlange, so eine giftige, der man den Kopf zerquetscht. Wütend verließ er die Agentur.

Im Kommissariat rief er sofort Dottor Pasquano in Montelusa an.
»Montalbano, was wollen Sie. Sie nerven. Soviel ich weiß, ist in Ihrer Gegend niemand umgebracht worden«, sagte der Doktor, der bekannt war für seine Liebenswürdigkeit.
»Pellegrino wurde also nicht umgebracht.«
»Wer hat denn so einen Mist erzählt?«
»Sie, Dottore, gerade eben. Bis zum Beweis des Gegenteils ist die Stelle, an der Garganos Auto gefunden wurde, mein Gebiet.«
»Ja, aber es ist nicht Ihr Fall! Der gehört diesem vortrefflichen Guarnotta! Damit Sie Bescheid wissen, der junge Mann wurde erschossen. Ein einziger Schuss ins Gesicht. Mehr kann und will ich Ihnen im Augenblick nicht sagen. Kaufen Sie sich in den nächsten Tagen die Zeitungen, dann erfahren Sie das Ergebnis der Obduktion. Wiederhören.«
Das Telefon klingelte.
»Was soll ich machen, soll ich Ihnen das Gespräch durchstellen oder nicht?«
»Catarè, wenn du mir nicht sagst, wer am Apparat ist, wie soll ich dann Ja oder Nein sagen?«

»Das stimmt, Dottori. Aber die Frau am Telefon will anonym bleiben, sie sagt mir einfach nicht, wie sie heißt.«

»Stell sie durch.«

»*Pronto*, Papà?«

Die raue Marlenen-Stimme von Michela Manganaro, dem Luder.

»Was wollen Sie?«

»Ich habe heute Morgen ferngesehen.«

»Stehen Sie so früh auf?«

»Nein, aber ich musste meine Sachen packen. Heute Nachmittag fahre ich nach Palermo, um ein paar Prüfungen abzulegen. Ich werde eine Weile fort sein. Aber ich möchte Sie vorher noch sehen, ich muss Ihnen etwas sagen.«

»Kommen Sie her.«

»Bestimmt nicht, es könnte unangenehme Begegnungen geben. Lassen Sie uns in den kleinen Wald fahren, der Ihnen so gut gefallen hat. Wenn es Ihnen passt, um halb eins vor meiner Haustür.«

»Weißt du denn sicher, was du da sagst?«, fragte Nicolò Zito, der pünktlich um elf gekommen war. »Das hätte ich ja nie gedacht. Dabei habe ich ihn drei- oder viermal interviewt.«

»Ich habe die Kassette gesehen«, sagte Montalbano. »Und so wie er redete und sich bewegte, wirkte er wirklich nicht schwul.«

»Siehst du? Und wer hat dir das erzählt? Das kann nur

eine Unterstellung sein, ein Gerücht, das jemand in die Welt gesetzt hat, einfach um …«

»Nein, auf diese Quelle kann ich mich verlassen. Es ist eine Frau.«

»Und war Pellegrino es auch?«

»Ja.«

»Und glaubst du, dass zwischen den beiden was war?«

»Mir wurde gesagt, dass da was war.«

Nicolò Zito dachte eine Weile nach.

»Doch das ändert nichts Wesentliches an der Situation. Vielleicht haben sie bei dem Betrug gemeinsame Sache gemacht.«

»Möglich. Ich wollte dir nur sagen, dass du deine Ohren offen halten musst, die Geschichte ist vielleicht weniger simpel, als Guarnotta sie darstellt. Und noch was: Versuch herauszukriegen, wo genau sie das Moped gefunden haben.«

»Guarnotta hat gesagt, dass …«

»Ich weiß, was Guarnotta gesagt hat. Aber ich muss wissen, ob das der Wahrheit entspricht. Denn wenn das Moped nah beim Auto gefunden wurde, dann heißt das, dass ein Taucher es von dort, wo es war, herausgeholt hat.«

»Und wo war es?«

»Im Kofferraum.«

»Woher weißt du das?«

»Ich habe es gesehen.«

Nicolò sah ihn entgeistert an.

»Bist du der polnische Admiral?«

»Ich habe niemals behauptet, Admiral oder Pole zu sein«, sagte Montalbano feierlich.

Ein Luder war sie, aber wunderschön, sogar noch schöner als letztes Mal, vielleicht weil die Grippe vorbei war. Sie setzte sich ins Auto, und ihre nackten Beine waren eine Wonne. Montalbano nahm die zweite Straße rechts, dann bog er links in den Feldweg ab.

»Sie erinnern sich ja genau an den Weg. Waren Sie noch mal hier?«, fragte Michela, als das Wäldchen in Sicht kam; sie sprach zum ersten Mal.

»Ich habe ein gutes Gedächtnis«, sagte Montalbano. »Warum wollten Sie mich sehen?«

»Sie haben es aber eilig!«, sagte das Mädchen.

Sie räkelte sich wie eine Katze, die Hände auf dem Kopf verschränkt, den Oberkörper nach hinten gestreckt. Das Blüschen war kurz davor zu platzen.

Mit Büstenhalter würde sie sich wie in einer Zwangsjacke fühlen, dachte der Commissario.

»Zigarette.«

Während er ihr Feuer gab, fragte er:

»Was für Prüfungen müssen Sie ablegen?«

Michela lachte aus vollem Halse und verschluckte sich am Rauch.

»Wenn ich noch Zeit habe, lege ich eine ab.«

»Wenn Sie noch Zeit haben? Was haben Sie sonst vor?«

Michela sah ihn nur an, ihre blauen Augen glitzerten amüsiert. Vielsagender als eine lange und ausführliche Rede. Der Commissario merkte wütend, dass er rot wurde. Da legte er plötzlich einen Arm um Michelas Schultern, zog sie mit Gewalt an sich und fuhr ihr grob mit der Hand zwischen die Beine.

»Lassen Sie mich! Lassen Sie mich los!«, schrie Michela; ihre Stimme war auf einmal spitz, fast hysterisch. Sie befreite sich aus der Umklammerung des Commissario und öffnete die Tür. Sie war wirklich durcheinander und verärgert. Sie stieg aus, lief aber nicht weg. Montalbano, der sich nicht vom Fleck gerührt hatte, sah sie an. Plötzlich lachte Michela, öffnete die Tür und setzte sich wieder neben den Commissario.

»Sehr trickreich. Und ich bin auf Ihr Theater reingefallen. Ich hätte Sie weitermachen lassen sollen, um zu sehen, wie Sie aus dieser Zwickmühle wieder rauskommen.«

»Genauso wie letztes Mal«, sagte Montalbano, »als es dir einfiel, mich zu küssen. Aber ich war mir sicher, dass du so reagieren würdest. Macht es dir so viel Spaß zu provozieren?«

»Ja. So wie Sie gern den keuschen Josef spielen. Frieden?«

Das Mädchen hatte es ganz schön in sich, und intelligent war sie auch noch.

»Frieden«, sagte Montalbano. »Hattest du mir wirklich was

zu sagen, oder war das ein Vorwand, weil du dich amüsieren wolltest?«

»Beides«, sagte Michela. »Als ich heute Morgen hörte, dass Giacomo tot ist, war ich erschüttert. Wissen Sie, wie er gestorben ist?«

»Man hat ihm ins Gesicht geschossen.«

Das Mädchen fuhr hoch, dann tropften zwei perlengroße Tränen auf ihre Bluse.

»Entschuldige, ich brauche frische Luft.«

Sie stieg aus. Als sie sich entfernte, sah Montalbano, wie ihre Schultern zuckten. Welche Reaktion war normaler, die von Michela oder die von Mariastella? Bei genauerer Betrachtung waren beide normal. Er stieg ebenfalls aus, trat zu der jungen Frau und reichte ihr ein Taschentuch.

»Der arme Kerl! Er tut mir so Leid!«, sagte Michela und trocknete sich die Augen.

»Wart ihr gute Freunde?«

»Nein, aber wir haben zwei Jahre lang im selben Raum gearbeitet, reicht dir das nicht?«

Sie duzte ihn weiter, und ihr Italienisch war jetzt dialektgefärbt.

»Hältst du mich?«

Einen Augenblick lang begriff Montalbano den Sinn der Frage nicht, dann legte er den Arm um ihre Schultern.

»Sollen wir uns wieder ins Auto setzen?«

»Nein. Es ist… weil es sein Gesicht ist… Sein Gesicht

war ihm so wichtig... Er rasierte sich zweimal am Tag... benutzte Hautcreme... Entschuldige, ich weiß, dass ich dummes Zeug rede, aber...«

Sie schniefte. *Matre santa*, so war sie noch viel schöner!

»Das mit dem Moped habe ich nicht recht verstanden«, sagte sie, nachdem sie sich wieder gefangen hatte.

Der Commissario horchte auf.

»Die Ermittler sagen, dass es unter Wasser in der Nähe von Garganos Auto gefunden wurde.«

»Wieso, was meinst du?«

»Weil sie es im Kofferraum hatten.«

»Erklär mir das.«

»Na ja, wenigstens haben sie das einmal so gemacht. Gargano hatte Giacomo gebeten, ihn nach Montelusa zu begleiten, aber da er ihn nicht zurückbringen konnte, weil er noch woandershin musste, luden sie das Moped in den großen Kofferraum. Auf diese Weise konnte Giacomo allein zurückfahren, wann er wollte.«

»Vielleicht hat sich der Kofferraum bei dem Aufprall auf dem Felsen geöffnet, und das Moped ist rausgeflogen.«

»Kann sein«, sagte Michela. »Aber mir ist so vieles nicht klar.«

»Sag mir, was.«

»Ich sag's dir unterwegs. Ich will nach Hause.«

Als sie sich ins Auto setzten, fiel dem Commissario ein, dass jemand anderes die gleichen Worte benutzt hatte wie Michela: »großer Kofferraum«.

Dreizehn

»Ich verstehe so vieles nicht. Zuerst mal dies«, sagte Michela zu Montalbano, der sehr langsam fuhr. »Warum wurde Garganos Wagen hier gefunden? Es gibt zwei Möglichkeiten: Entweder hat er ihn, als er letztes Mal bei uns war, Giacomo dagelassen, oder Gargano ist zurückgekommen. Aber um was zu tun? Wenn er verschwinden wollte, nachdem er das Geld auf die Seite geschafft hatte, und diesen Plan hatte er bestimmt, denn die gewohnten Überweisungen von Bologna nach Vigàta fanden diesmal nicht statt, warum ist er dann zurückgekommen und hat damit alles aufs Spiel gesetzt?«

»Sprich weiter.«

»Noch was: Angenommen, Gargano war mit Giacomo zusammen, wieso trafen sie sich dann wie ein heimliches Liebespaar im Auto? Warum trafen sie sich nicht in Garganos Hotel oder irgendwo sonst, wo es ruhig und sicher war? Ich bin überzeugt, dass sie die anderen Male nicht im Auto zusammen waren. Mag sein, dass Gargano geizig war, aber…«

»Woher weißt du, dass Gargano geizig war?«

»Na ja, richtig geizig nicht, aber knauserig schon. Ich weiß es, weil ich abends mal mit ihm essen war, nein, sogar zweimal…«

»Hat er dich eingeladen?«

»Klar, das gehörte zu seiner Verführungsmasche, er kam gerne gut an. Er ging mit mir in eine Trattoria in Montelusa, man sah ihm seine Furcht an, ich könnte teure Gerichte aussuchen, er beklagte sich über die Rechnung.«

»Du meinst, das gehörte zu seiner Masche? Hat er dich nicht eingeladen, weil du so schön bist? Ich glaube, jeder Mann zeigt sich gern mit einer jungen Frau wie dir an der Seite.«

»Danke für das Kompliment. Es klingt vielleicht gemein, aber ich muss dir sagen, dass er auch Mariastella zum Essen ausgeführt hat. Am nächsten Tag war Mariastella wie in Trance, sie begriff gar nichts, sie war ein einziges seliges Lächeln, das zwischen den Tischen umherlief und überall anstieß. Und weißt du was?«

»Sag's mir.«

»Mariastella hat sich revanchiert. Sie hat ihn zu sich nach Hause zum Abendessen eingeladen. Und Gargano ist hingegangen, zumindest habe ich das so verstanden, denn Mariastella hat gar nicht mehr geredet, nur vor Glück gestöhnt, sie war völlig weg.«

»Wohnt sie schön?«

»Ich war nie dort. Eine große Villa kurz vor Vigàta, abgeschiedene Lage. Sie wohnte mit ihren Eltern dort. Jetzt lebt sie allein.«

»Stimmt es eigentlich, dass Mariastella immer noch die Miete und das Telefon für die Agentur bezahlt?«

»Klar.«

»Hat sie denn Geld?«

»Etwas muss der Vater ihr hinterlassen haben. Weißt du was? Sie wollte mir aus eigener Tasche zwei ausstehende Gehälter zahlen. ›Der Ragioniere gibt mir das später zurück‹, sagte sie. Nein, warte. Sie sagte sogar, wobei sie feuerrot wurde: ›Emanuele gibt mir das später zurück.‹ Sie ist verrückt nach diesem Mann und will sich der Wirklichkeit nicht stellen.«

»Und was ist die Wirklichkeit?«

»Dass Gargano sich im besten Fall auf einer Insel in der Südsee amüsiert. Im schlimmsten Fall fressen ihn die Fische.«

Sie waren angekommen. Michela küsste Montalbano auf die Wange und stieg aus. Dann beugte sie sich zum Seitenfenster hinein und sagte:

»Drei Prüfungen muss ich in Palermo ablegen.«

»Alles Gute«, sagte Montalbano. »Lass mich wissen, wie's gelaufen ist.«

Er fuhr direkt nach Marinella zurück. Als er das Haus betrat, merkte er gleich, dass Adelina ihre Arbeit wieder

aufgenommen hatte, Unterwäsche und gebügelte Hemden lagen auf dem Bett. Er öffnete den Kühlschrank, aber der war leer bis auf schwarze Oliven, mit Essig, Öl und Oregano angemachte Anchovis und eine dicke Scheibe *caciocavallo*. Die leise Enttäuschung verflog, als er den Backofen öffnete: Da stand die legendäre *pasta 'ncasciata*! Eine Portion für vier. Er verspeiste sie langsam und beharrlich. Dann setzte er sich, weil der Tag es erlaubte, auf die Veranda. Er musste nachdenken. Aber er dachte nicht nach. Bald nickte er beim Geräusch der Brandung sanft ein.
Gott sei Dank bin ich kein Krokodil, sonst würde ich in meinen Tränen ertrinken.
Das war das letzte Sinnige oder Unsinnige, das ihm durch den Kopf ging.

Um vier Uhr nachmittags saß er in seinem Zimmer im Kommissariat, und gleich kam Mimì herein.
»Wo warst du?«
»Ich habe meine Pflicht getan. Als ich es erfahren habe, bin ich auf schnellstem Weg hingefahren und habe mich Guarnotta zur Verfügung gestellt. In deinem Namen und laut Weisung unseres Questore. Das ist schließlich unser Gebiet, oder? Habe ich das gut gemacht?«
Wenn Augello es darauf anlegte, stellte er alle in den Schatten.
»Sehr gut.«

»Ich habe ihm gesagt, dass ich einzig und allein zu seiner Unterstützung da sei. Wenn er wollte, würde ich Zigaretten für ihn holen gehen. Er fand das sehr anerkennenswert.«

»Haben sie Garganos Leiche gefunden?«

»Nein, und sie sehen schwarz. Sie haben einen alten Fischer aus der Gegend gefragt. Der hat gesagt, wenn Gargano nicht an irgendeinem Felsen festhängt, ist die Leiche bei der starken Strömung längst Richtung Tunesien unterwegs. Folglich wollen sie am Abend die Suche einstellen.«

In der Tür erschien Fazio. Der Commissario gab ihm ein Zeichen, hereinzukommen und sich zu setzen. Fazio sah erwartungsvoll drein. Sichtlich konnte er kaum an sich halten.

»Und jetzt?«, fragte Montalbano Mimì.

»Für morgen Vormittag hat Guarnotta eine Pressekonferenz anberaumt.«

»Weißt du, was er sagen wird?«

»Klar. Wäre ich sonst wie ein Irrer an diesen grässlichen Platz gefahren? Er wird sagen, dass sowohl Gargano wie Pellegrino einem Racheakt der Mafia zum Opfer gefallen sind, weil unser Ragioniere sie reingelegt hat.«

»Und woher soll diese vermaledeite Mafia, ich sage es noch mal, einen Tag vorher gewusst haben, dass Gargano seinen Verpflichtungen nicht nachkommen würde, weshalb sie ihn dann ermordet hat? Wenn sie ihn am 1. oder am 2. September ermordet hätten, dann hätte mir das eingeleuchtet. Aber ihn am Tag vorher zu ermorden, findest du das nicht zumindest merkwürdig?«

»Klar finde ich das merkwürdig. Sehr merkwürdig. Aber frag das Guarnotta und nicht mich.«

Der Commissario wandte sich mit einem breiten Grinsen Fazio zu.

»Wie schön, dich zu sehen!«

»Ich hab was«, sagte Fazio reserviert. *»Un carrico da undici.«*

Er meinte damit, dass er einen Trumpf in der Hinterhand hatte. Montalbano stellte ihm keine Fragen, er gönnte ihm die Genugtuung und ließ ihm Zeit. Dann holte Fazio einen Zettel aus der Jackentasche, konsultierte ihn und fuhr fort:

»Es hat mich viel gekostet, herauszubekommen, was ich herausbekommen wollte.«

»Hast du zahlen müssen?«, fragte Augello.

Fazio sah ihn angewidert an.

»Ich meine damit, dass es mich viele Worte und viel Geduld gekostet hat. Die Banken weigern sich, über die Geschäfte ihrer Kunden Auskunft zu geben, erst recht, wenn diese Geschäfte stinken. Wie auch immer, einen Angestellten hab ich zum Reden gebracht. Aber er hat mich auf Knien angefleht, seinen Namen nicht zu nennen. Einverstanden?«

»Einverstanden«, sagte Montalbano. »Der Fall gehört ja sowieso nicht uns. Wir sind einfach nur neugierig. Sozusagen privat neugierig.«

»Also«, sagte Fazio. »Am 1. Oktober letzten Jahres werden Giacomo Pellegrinos Bankkonto, auf das ihm auch jeden Monat das Gehalt überwiesen wird, zweihundert Millionen gutgeschrieben. Eine zweite Gutschrift über den gleichen Betrag erfolgt am 15. Januar dieses Jahres. Die letzte, dreihundert Millionen, ist am 7. Juli angekommen. Im Ganzen siebenhundert Millionen. Dann kam nichts mehr. Und er hat bei den anderen Banken hier und in Montelusa keine Konten.«

»Wer hat ihm das Geld überwiesen?«, fragte Montalbano.

»Emanuele Gargano.«

»Ach du Scheiße«, sagte Augello.

»Und zwar von der Bank aus, bei der er sein privates Konto hatte, nicht von der Bank, über die er seine Geschäfte mit der ›König Midas‹ abwickelte«, fuhr Fazio fort. »Das Geld, das Pellegrino überwiesen wurde, hatte also mit den Geschäften der Agentur nichts zu tun. Es handelte sich eindeutig um eine Privatangelegenheit.«

Fazio war fertig mit seinem Bericht und zog ein langes Gesicht. Er war enttäuscht, weil Montalbano so gar nicht staunte, die Nachricht schien ihn kalt zu lassen. Aber Fazio wollte sich nicht geschlagen geben, er hatte Lust auf mehr.

»Und wollt ihr wissen, was ich noch rausgekriegt hab? Immer wenn eine Gutschrift gebucht wurde, überwies Pellegrino das Geld am nächsten Tag...«

»... der Firma, die sein Haus baute«, beendete Montalbano den Satz. Es war einmal ein König von Frankreich, der es satt hatte, von seiner Gemahlin, der Königin, zu hören, er liebe sie nicht, weil er nicht eifersüchtig sei, und so bat er einen Höfling, früh am nächsten Morgen ins Schlafgemach der Königin zu gehen, sich der Frau zu Füßen zu werfen und ihr seine große Liebe zu gestehen. Wenige Minuten später wollte der König eintreten und, nachdem er die Lage erfasst hatte, seiner Frau eine schreckliche Eifersuchtsszene machen. Am nächsten Morgen postierte sich der König vor der Tür der Königin, wartete, bis der Edelmann, mit dem er sich abgesprochen hatte, hineinging, zählte bis hundert, zückte sein Schwert und riss die Tür auf. Und sah seine Frau und den Edelmann nackt auf dem Bett und mit einer solchen Begeisterung miteinander vögeln, dass sie sein Kommen gar nicht bemerkten. Der arme König ging aus dem Zimmer, steckte das Schwert in die Scheide und sagte: »Verflixt, jetzt hat er mir meine Szene vermasselt!«

Fazio machte es ganz anders als der König von Frankreich. Als er sah, dass sein Auftritt vermasselt war, sprang er auf, wurde rot, fluchte und ging grummelnd hinaus.

»Was hat er denn?«, fragte Augello erstaunt.

»Ich bin eben manchmal ein bisschen gemein«, sagte Montalbano.
»Das ist ja ganz was Neues!«, sagte Augello, häufig Opfer von Montalbanos Gemeinheiten.
Fazio war sehr schnell wieder da. Man sah, dass er sich das Gesicht gewaschen hatte.
»Entschuldigt.«
»Entschuldige du«, sagte der Commissario aufrichtig. Und fuhr fort:
»Das Haus hat also komplett Gargano bezahlt. Die Frage ist nur: warum?«
Mimì öffnete den Mund, aber eine Handbewegung des Commissario machte ihn wieder zu.
»Erst will ich wissen, ob ich eines richtig in Erinnerung habe«, sagte Montalbano, an Fazio gewandt. »Sagtest du nicht, dass Pellegrino, als er sich in Montelusa ein Auto mietete, eins mit großem Kofferraum wollte?«
»Ja«, antwortete Fazio.
»Und wir dachten, den hätte er für seine Koffer gebraucht?«
»Ja.«
»Das war ein Irrtum, denn die Koffer hatte er im Haus gelassen.«
»Wozu brauchte er den Kofferraum dann?«, fragte Augello dazwischen.
»Für sein Moped. Er hat das Auto in Montelusa gemietet

und das Moped eingeladen, ist wegen der Flugtickets nach Punta Raisi gefahren und nach Montelusa zurückgekehrt, hat das Mietauto wieder abgegeben und ist mit dem Moped nach Vigàta gefahren.«

»Das scheint mir nicht wichtig«, bemerkte Mimì.

»Es ist aber wichtig. Auch weil ich erfahren habe, dass er das Moped schon einmal in den Kofferraum von Garganos Auto eingeladen hatte.«

»Ja, aber...«

»Lassen wir die Geschichte mit dem Moped erst mal beiseite. Zurück zu unserer Frage: Warum hat Gargano den Bau des Hauses finanziert? Ihr müsst bedenken: Ich habe erfahren, von jemand, dem ich vertraue, dass er knauserig war, er achtete darauf, sein Geld zusammenzuhalten.«

Augello sprach zuerst.

»Warum nicht aus Liebe? Nach allem, was du erzählt hast, war es mehr als eine Bettgeschichte.«

»Und wie siehst du das?«, fragte Montalbano Fazio.

»Die Erklärung von Dottor Augello könnte stimmen. Aber ich weiß nicht recht, überzeugt bin ich nicht. Ich denke eher an Erpressung.«

»Weswegen?«

»Keine Ahnung, Pellegrino kann Gargano damit gedroht haben, allen zu erzählen, dass sie ein Verhältnis hatten... dass er schwul war...«

Augello brach in Lachen aus, Fazio sah ihn überrascht an.

»Wie alt bist du eigentlich, Fazio? Heutzutage interessiert es doch Gott sei Dank kein Schwein mehr, ob einer schwul ist oder nicht!«

»Gargano legte Wert darauf, dass man es ihm nicht anmerkte«, mischte Montalbano sich ein. »Aber auch wenn die Sache möglicherweise ans Licht gekommen wäre, glaube ich nicht, dass er ein Drama daraus gemacht hätte. Nein, mit einer Drohung dieser Art hätte sich ein Typ wie Gargano nicht erpressen lassen.«

Fazio breitete die Arme aus und verzichtete darauf, seine These zu verteidigen. Er sah den Commissario fest an. Auch Augello sah ihn an.

»Was ist los?«, fragte Montalbano.

»Du bist dran, das ist los«, sagte Mimì.

»Also gut«, sagte der Commissario. »Aber ich muss etwas vorausschicken: Meine Version ist ein Roman. Ich habe nämlich nicht den Schatten eines Beweises für das, was ich sagen werde. Und wie in allen Romanen können die Geschehnisse, während man schreibt, einen anderen Weg einschlagen und zu unerwarteten Ergebnissen führen.«

»Einverstanden«, sagte Augello.

»Wir können von einem ausgehen: Gargano organisiert einen Betrug, der notwendigerweise nicht innerhalb einer Woche abgewickelt werden kann, sondern viel Zeit braucht. Nicht nur das: Er muss eine richtige Organisation mit Büros und Angestellten und all so was auf die Beine stellen. Zu den Leuten, die er in Vigàta einstellt, gehört ein junger Mann namens Giacomo Pellegrino. Nach einer Weile fangen die beiden was miteinander an. Sie verlieben sich ineinander, mit Prostitution hat das nichts zu tun. Die Person, von der ich das weiß, hat auch gesagt, dass ihre Beziehung, obwohl sie sie zu verbergen suchten, an ihrem Verhalten sichtbar wurde. An manchen Tagen lächelten sie sich an, suchten die Nähe des anderen, und an manchen Tagen schmollten sie und vermieden es, miteinander zu reden. Wie zwei Verliebte eben. Stimmt's, Mimì, du verstehst doch was davon?«

»Wieso, du nicht?«, konterte Mimì.

»Das Beste«, fuhr Montalbano fort, »ist, dass ihr beide Recht habt. Eine Geschichte, die von Anfang an zwiespältig war und zwiespältig blieb. Pellegrino ist finanzoman...«

»Halt«, sagte Mimì. »Was heißt das?«

»Finanzoman sind für mich Leute, die sich mit Geld beschäftigen. Nicht mit Landwirtschaft oder Handel oder Industrie oder dem Baugewerbe oder was ihr wollt, sondern mit Geld an sich. Vom Geld als solchem verstehen oder ahnen sie alles, Stunde für Stunde, Minute für Minute. Sie kennen es wie sich selbst, sie wissen, wie das Geld gepinkelt hat, wie es geschissen hat, wie es gegessen hat, wie es geschlafen hat und wie es am Morgen aufgewacht ist, wann es einen guten Tag und wann es einen schlechten Tag hat, wann es Kinder kriegen, das heißt weiteres Geld hervorbringen will, wann es von Selbstmordgedanken getrieben ist, wann es steril sein, sogar wann es einen Fick ohne Folgen haben will. Noch einfacher ausgedrückt, wann sich das Geld zu Höhenflügen aufschwingen oder wann es sich in freien Fall begeben wird, wie die Leute, die sich mit diesen Dingen beschäftigen, in den Nachrichten sagen. Diese finanzomanen Typen nennt man meistens Finanzmagier, Großbankiers, Finanzmogule, Großspekulanten. Ihr Kopf funktioniert allerdings nur in dieser einen Richtung, in allem anderen sind sie unbegabt, ungeschickt, beschränkt, primitiv, sogar richtige Vollidioten, aber naiv sind sie nie.«

»Dieses Bild scheint mir übertrieben«, sagte Augello.

»Ach ja? Und deiner Meinung nach war der, der unter der Brücke der ›Schwarzen Brüder‹ in London hing, nicht finanzoman? Und der andere, der vorgab, von der Mafia entführt worden zu sein, sich ins Bein schießen ließ und im Knast vergifteten Kaffee trank? Ich bitte dich!«

Mimì wagte nicht zu widersprechen.

»Zurück zu Giacomo Pellegrino«, sagte Montalbano. »Er ist ein Finanzomane, der sich mit einem noch größeren Finanzomanen trifft, nämlich Ragioniere Emanuele Gargano. Der ahnt im Nu die Wahlverwandtschaft. Er stellt Pellegrino ein und betraut ihn mit der Zeit mit dem einen oder anderen Auftrag, den er den beiden anderen Angestellten wohlweislich nicht gibt. Dann ändert sich die

Beziehung zwischen Gargano und Pellegrino, sie entdecken, dass ihre Wahlverwandtschaft nicht auf das Geld beschränkt ist, sondern auf die Gefühlswelt ausgedehnt werden kann. Ich sagte, dass diese Personen nie naiv sind, aber es gibt verschiedene Grade von Naivität. Sagen wir, Giacomo ist etwas schlauer als der Ragioniere, aber dieser kleine Unterschied genügt dem jungen Mann vollauf.«

»Inwiefern?«, fragte Augello.

»Insofern, als Giacomo sehr bald entdeckt haben muss, dass bei der ›König Midas‹ irgendwas nicht stimmt, aber das hat er für sich behalten, er hat jedoch beschlossen, aufmerksam zu verfolgen, was sein Arbeitgeber alles tut und unternimmt. Er beginnt Daten zu sammeln, Zusammenhänge herzustellen. Durch die intime Beziehung, die sich entwickelt hat, kann er auch die eine oder andere Frage stellen, die beiläufig klingt, aber auf ein konkretes Ziel gerichtet ist, nämlich immer weiter in Garganos Pläne einzudringen.«

»Und Gargano ist so verliebt in den jungen Mann, dass er nie Verdacht schöpft?«, fragte Fazio mit skeptischer Miene.

»Du triffst den Nagel auf den Kopf«, sagte der Commissario. »Das ist die heikelste Stelle des Romans, an dem wir schreiben. Versuchen wir zu verstehen, wie die Figur Gargano handelt. Erinnere dich, dass ich eingangs sagte, ihre Beziehung sei von Zwiespältigkeit gekennzeichnet.

Ich bin überzeugt, dass Gargano irgendwann ahnt, dass Giacomo gefährlich nahe dran ist, das System seines Betrugs zu durchschauen. Aber was kann er tun? Ihn zu entlassen wäre noch schlimmer. Und deshalb spielt er *u fissa pi nun jri a la guerra*, er stellt sich blöd, damit er nicht in den Krieg muss.«

»Hofft er, dass Pellegrino es bei dem Haus, das er von ihm bekommen hat, belässt?«, fragte Mimì.

»Zum Teil hofft er es, denn er ist nicht sicher, ob Giacomo ihn erpresst oder nicht: Der junge Mann wird ihn wahrscheinlich überredet und gesagt haben, dass es doch schön wäre, ein Liebesnest zu haben, einen Platz, an dem sie auch zusammen würden leben können, wenn der Ragioniere sich von seinen Geschäften erst mal zurückgezogen hätte... Er wird ihn in diesem Sinne beruhigt haben. Alle beide wissen, und keiner sagt's dem anderen, wie die ganze Geschichte enden wird. Gargano wird sich mit dem Geld ins Ausland absetzen, und Giacomo, der in keinster Weise in den Betrug verwickelt zu sein scheint, kann in Ruhe sein Haus genießen.«

»Ich verstehe immer noch nicht, warum Giacomo zu seinem Onkel gesagt hat, er würde nach Deutschland fahren«, sagte Fazio wie zu sich selbst.

»Damit der Onkel uns das erzählt, wenn wir Gargano suchen würden. Wir hätten Giacomos Rückkehr abgewartet, ohne weiter nachzuforschen. Dann wäre er später mit Unschuldsmiene bei uns erschienen und hätte erzählt, dass er zwar in Deutschland gewesen sei, aber das sei ein Trick von Gargano gewesen, um ihn loszuwerden. Er hätte nämlich als Einziger rechtzeitig durchschauen können, dass der Ragioniere kurz davor war, das Netz einzuholen. Er hätte uns erzählt, dass bei den Banken, zu denen Gargano ihn geschickt habe, keine Lira zu finden gewesen sei, Gargano hätte dort nie Geld eingezahlt.«

»Aber wozu dieser ganze Aufstand mit den Flugtickets?«, insistierte Fazio.

»Um sich auf jeden Fall abzusichern. Abzusichern gegen alle: gegen Gargano und gegen uns. Glaubt mir, Giacomo hatte das gut eingefädelt. Aber es ist ihm etwas Unvorhergesehenes dazwischengekommen.«

»Was denn?«, fragte Mimì.

»Ein Revolverschuss mitten ins Gesicht ist doch unvorhergesehen genug, oder?«, fragte der Commissario.

Vierzehn

»Sollen wir mit der zweiten Folge morgen weitermachen? Wisst ihr, ich merke gerade, dass sich hier eher eine Fernsehserie als ein Roman anbahnt. Wenn ich diesen Roman schreiben und veröffentlichen würde, würde irgendein Kritiker das bestimmt so sagen und noch hinzufügen: ›eine TV-Serie, und zwar keine besonders gute‹. Also?«

Montalbanos Vorschlag rief den Protest der beiden einzigen Zuhörer hervor. Er konnte sich über die Einschaltquote nicht beklagen. Er war gezwungen fortzufahren, nachdem er um eine kurze Kaffeepause gebeten und man ihm diese zugebilligt hatte.

»Doch in letzter Zeit scheint sich die Beziehung zwischen Gargano und Pellegrino verschlechtert zu haben«, fing er wieder an, »aber das können wir nicht mit Sicherheit wissen.«

»Könnten wir schon«, behauptete Augello.

»Wie denn?«

»Indem wir dieselbe Person fragen, von der du die anderen Informationen hast.«

»Ich weiß nicht, wo sie ist, sie ist nach Palermo gefahren.«
»Dann frag Signorina Cosentino.«
»Das kann ich tun. Aber die hat nichts mitgekriegt, nicht mal, wenn Gargano und Pellegrino sich vor ihren Augen umarmten und küssten.«
»Gut. Nehmen wir an, ihre Beziehung hat sich verschlechtert. Warum?«
»Ich habe nicht gesagt, dass sie sich verschlechtert hat, ich habe gesagt, dass sie sich verschlechtert zu haben scheint.«
»Ist das ein Unterschied?«, fragte Fazio.
»Allerdings. Wenn sie sich in Gegenwart Dritter streiten, wenn sie sich kühl und reserviert geben, dann tun sie das, weil sie sich abgesprochen haben, sie spielen Theater.«
»Auch in der TV-Fassung eines Romans käme mir das reichlich überspannt vor«, sagte Mimì spöttisch.
»Wenn du willst, nehmen wir die Szenen aus dem Drehbuch, wir schneiden sie heraus. Aber das wäre ein Fehler. Sieh mal, ich glaube, dass der junge Mann zur unverblümten Erpressung übergegangen ist, als der Betrug kurz vor der Vollendung stand. Er will das Maximum herausholen, bevor Gargano verschwindet. Er verlangt mehr Geld von ihm. Aber der Ragioniere rückt nichts raus, und das wissen wir sicher, weil du, Fazio, gesagt hast, dass es keine weiteren Überweisungen gegeben hat. Und was macht Gargano da, im Wissen, dass der Hunger eines Erpressers

nie zu stillen ist? Er tut so, als ginge er auf die Erpressung ein, und bietet sogar mehr, denn er macht dem jungen Mann, zu dem er sagt, er sei trotz allem immer noch in ihn verliebt, einen Vorschlag. Sie würden sich gemeinsam mit dem Geld ins Ausland absetzen und glücklich und zufrieden leben. Giacomo, der ihm nicht ganz traut, akzeptiert unter einer Bedingung: dass ihm der Ragioniere verrät, bei welchen Banken im Ausland das Geld der ›König Midas‹ liegt.

Gargano listet sie ihm mit allen Geheimnummern auf und sagt zugleich, dass sie vor den anderen am besten so tun sollten, als seien sie zerstritten oder würden sich nicht mehr verstehen, damit die Polizei, wenn sie ihn nach der Entdeckung des Betrugs sucht, keinen Grund zu der Annahme hat, sie seien gemeinsam untergetaucht. Aus dem gleichen Grund, sagt Gargano weiter, müssten sie getrennt im Ausland ankommen. Vielleicht suchen sie auch die Stadt aus, in der sie sich dann treffen wollen.«

»Ich verstehe Garganos Trick!«, rief Augello dazwischen. »Er hat Giacomo die echten Geheimnummern zu den Konten gegeben. Der junge Mann überprüft sie und stellt fest, dass der Ragioniere nicht blufft. Gargano hat in der Tat vor, die Einlagen erst ein paar Stunden vor seinem Verschwinden zu transferieren, so was dauert heutzutage doch keine zehn Minuten. Und er hat nicht vor, zu der Verabredung im Ausland zu erscheinen. Ist es so?«

»Ganz recht, Mimì. Aber wir haben festgestellt, dass unser lieber Giacomo in solchen Dingen nicht auf den Kopf gefallen ist. Er hat Garganos Plan bestimmt durchschaut und überwacht ihn mit dem Handy, indem er ihn unentwegt anruft. Und als dann der Zeitpunkt kommt, nämlich der 31. August, ruft er Gargano frühmorgens an, droht ihm, alles der Polizei zu erzählen, und zwingt ihn damit, auf der Stelle nach Vigàta zu kommen. Das hieße, sie würden gemeinsam außer Landes gehen, sagt Giacomo, er sei bereit, das Risiko einzugehen. Da weiß Gargano, dass er keine Wahl hat. Er setzt sich ins Auto und fährt los, die Mautkarte für die Autobahn benutzt er nicht, um keine Spuren zu hinterlassen. Als er zu dem vereinbarten Treffpunkt kommt, ist es schon dunkel. Kurz darauf taucht Giacomo mit dem Moped auf, das er in seinem Haus stehen hatte. Die großen Koffer sind ihm egal, wichtig ist der Aktenkoffer, in dem er die Beweise für den Betrug aufbewahrt. Die beiden treffen sich.«

»Darf ich das Ende erzählen?«, schaltete sich Fazio ein. Und fuhr fort:

»Es kommt zu einem Streit, und als Gargano begreift, dass er verloren ist, weil der junge Mann ihn längst in der Hand hat, zückt er den Revolver und schießt.«

»Ins Gesicht«, präzisierte Augello.

»Ist das wichtig?«

»Ja. Wenn einem ins Gesicht geschossen wird, geschieht

das fast immer aus Hass, das Gesicht soll ausgelöscht werden.«

»Ich glaube nicht, dass sie sich gestritten haben«, sagte Montalbano. »Gargano hatte während der ganzen Fahrt im Auto von Bologna bis hierher Zeit, über die gefährliche Lage nachzudenken, in der er sich plötzlich befand. Und zu dem Schluss zu kommen, dass der junge Mann getötet werden musste. Klar, ich verstehe, dass ein wildes Handgemenge, etwa am Rand des Abgrunds – mal stürzt der eine, mal der andere fast ab, Giacomo versucht Gargano zu entwaffnen und unten das aufgewühlte Meer –, im Fernsehen gut herauskäme, vor allem mit der passenden musikalischen Untermalung. Leider glaube ich, dass Gargano sofort geschossen hat, als Giacomo ankam. Er hatte keine Zeit zu verlieren.«

»Dann hat er ihn deiner Meinung nach außerhalb des Autos getötet?«

»Genau. Dann nimmt er ihn und setzt ihn auf den Beifahrersitz, die Leiche kippt auf die Seite und bleibt liegen. Deshalb sieht Professore Tommasino, als er vorbeikommt, den Toten nicht und glaubt, das Auto sei leer. Gargano öffnet den Kofferraum, holt seinen Koffer heraus (den er für alle Fälle mitgenommen hat, als Requisite, um notfalls seine Bereitschaft zur Abreise demonstrieren zu können), verfrachtet das Moped hinein, nachdem er den Aktenkoffer aus der Gepäckbox genommen hat, und legt seinen eigenen Koffer auf die Rückbank. In diesem Augenblick kommt Professore Tommasino, Gargano spielt mit ihm Verstecken, wartet, bis er sich entfernt hat, schließt dann die Türen und schiebt sein Auto rückwärts, bis es abstürzt. Er stellt sich vor, und ganz zu Recht, dass irgendein Depp, der überzeugt ist, es handle sich um einen Racheakt der Mafia, seine Leiche suchen wird. Mit dem Aktenkoffer in der Hand ist er keine Viertelstunde später an einer Straße, auf der Autos vorbeikommen. Er lässt sich mitnehmen und zahlt dem Fahrer möglicherweise einen Haufen Geld, damit er den Mund hält.«

»Ich erzähle zu Ende«, sagte Mimì. »Letzte Einstellung. Musik. Auf einer langen, geraden Straße sehen wir…«

»Gibt's so was in Sizilien?«, fragte Montalbano.

»Egal, wir drehen die Szene auf dem Kontinent und schneiden sie entsprechend, damit es aussieht wie bei uns. Das Auto entfernt sich immer weiter, bis es ein kleiner Punkt ist. Das Bild wird eingefroren. Ein Schriftzug erscheint: ›Und so triumphiert das Böse, und die Justiz kann schauen, wo sie bleibt.‹ Abspann.«

»Dieses Ende gefällt mir nicht«, sagte Fazio sehr ernst.

»Mir auch nicht«, setzte Montalbano hinzu. »Aber damit musst du dich abfinden, Fazio. Genau so ist es. Die Justiz kann in diesen Zeiten sehen, wo sie bleibt. Na ja, lassen wir das.«

Fazio machte ein finsteres Gesicht.

»Können wir denn gar nichts gegen Gargano unternehmen?«

»Erzähl Guarnotta von unserer Fortsetzungsserie und hör, was er dazu sagt.«

Fazio stand auf, ging an die Tür und stieß mit Catarella zusammen, der gerade völlig außer Atem und blass im Gesicht hereinkam.

»*Matre santa*, Dottori! Grad hat der Signori und Quistori angerufen! Mein Gott, ich erschreck immer so, wenn der anruft!«

»Wollte er mich sprechen?«

»Nein, Dottori.«

»Wen denn?«

»Mich, Dottori, mich! *Matre santa*, meine Beine fühlen sich an wie Ricotta! Erlauben Sie, dass ich mich hinsetze?«

»Setz dich. Warum wollte er dich sprechen?«

»Also. Das Telefon klingelt. Ich nehm ab und sag: *pronto!* Und da hör ich die Stimme vom Signori und Quistori. ›Bist du das, Santarella?‹, fragt er. ›Höchstpersönlich‹, sag ich. ›Berichte dem Commissario Folgendes‹, sagt er. ›Er ist nicht da‹, sag ich, weil ich ja weiß, dass Sie keine Lust haben, mit dem zu reden. ›Das macht nichts. Sag ihm, dass ich hiermit den Empfang anzeige‹, sagt er. Und legt einfach auf. Dottori, warum zeigt der Signori und Quistori denn den Empfang an? Was hat ihm der Empfang denn getan? Hat er ihn beleidigt?«

»Vergiss es, mach dir nichts daraus. Er ärgert sich über den Empfang, nicht über dich. Beruhig dich.«
Wollte ihm der Signori und Quistori, wie Catarella ihn nannte, einen würdevollen Waffenstillstand anbieten? Eigentlich müsste doch er, der Signori und Quistori, um einen Waffenstillstand bitten und nicht ihn anbieten.

Als er nach Hause kam, lag der Pullover, den Livia ihm geschenkt hatte, auf dem Küchentisch und daneben ein Zettel von Adelina; sie schrieb, sie habe am Nachmittag das Haus geputzt und dabei den Pullover auf dem Schrank gefunden. Weiter schrieb sie, sie habe auf dem Markt feinen Kabeljau bekommen und blau zubereitet. Er müsse ihn nur mit Öl, Zitrone und Salz anmachen. Wohin nur mit dem Pullover? Gott, wie schwierig es ist, ein Beweisstück verschwinden zu lassen! Er hatte diesen Pullover verdrängt, ewig hätte er bleiben können, wo er ihn hinbefördert hatte. Aber nein, er war wieder da. Die einzige Möglichkeit bestand darin, ihn im Sand zu vergraben. Aber er war müde. Also nahm er den Pullover und schleuderte ihn wieder an den Platz von vorher, Adelina würde in den nächsten Tagen oben auf dem Schrank kaum noch mal so genau nachsehen. Das Telefon klingelte. Es war Nicolò, er sagte Montalbano, er solle den Fernseher einschalten. Es gebe um halb zehn eine Sondersendung. Montalbano sah auf die Uhr, fünfzehn Minuten noch. Er ging ins Bad, zog sich aus, wusch sich rasch und machte es sich im Sessel bequem. Den Kabeljau wollte er nach der Sendung essen.

Nach der Erkennungsmelodie erschienen Bilder wie aus einem amerikanischen Film. Ein großes, klappriges Auto tauchte langsam aus dem Wasser auf, während Zitos Stimme erklärte, die komplizierte Bergung des Wagens sei kurz vor Sonnenuntergang abgeschlossen worden. Jetzt wurde das Auto auf den Ponton gehievt, und mehrere Männer befreiten es von den Stahlseilen, mit denen es festgezurrt war. Schließlich erschien Guarnottas Gesicht.

»Dottore Guarnotta, würden Sie uns freundlicherweise sagen, was Sie im Inneren von Garganos Wagen gefunden haben?«

»Auf der Rückbank einen Koffer mit persönlichen Gegenständen von Gargano.«

»Sonst nichts?«

»Sonst nichts.«

Das bestätigte, dass der Ragioniere Giacomos kostbaren Aktenkoffer mitgenommen hatte.

»Wird die Suche nach Garganos Leiche fortgesetzt?«

»Ich kann offiziell bekannt geben, dass die Suche beendet ist. Wir sind mehr als überzeugt, dass Garganos Leiche von der Strömung aufs offene Meer hinausgetrieben wurde.«

Und so zeigte sich, dass Gargano es mit seiner Inszenierung ganz richtig getroffen hatte, irgendein Depp würde ihm das schon abnehmen. Nämlich er, der vortreffliche Dottor Guarnotta.

»Es geht das Gerücht, und wir berichten darüber aus journalistischer Sorgfaltspflicht, dass zwischen Pellegrino und Gargano eine besondere Beziehung bestand. Wussten Sie davon?«

»Von dem Gerücht haben wir auch gehört. Wir stellen diesbezüglich Nachforschungen an. Sollte es sich als wahr herausstellen, wäre das von Bedeutung.«

»Warum, Dottore?«

»Weil damit geklärt wäre, wieso Gargano und Pellegrino sich zu nächtlicher Stunde zusammen an diesem einsam gelegenen und wenig besuchten Ort aufhielten. Sie waren hier, um… wie soll ich sagen… um allein zu sein. Und hier wurden sie von jemandem, der ihnen gefolgt war, getötet.«

Da war nichts zu wollen, Guarnotta war nicht davon abzubringen. Die Mafia musste es sein, und die Mafia war es.

»Vor einer Stunde konnten wir mit Dottor Pasquano telefonieren, er hat die Leiche von Giacomo Pellegrino obduziert. Der junge Mann wurde erschossen, ein einziger Schuss aus geringer Entfernung, genau zwischen die Augen. Das Projektil ist nicht wieder ausgetreten, es konnte sichergestellt werden. Dottor Pasquano sagt, es handle sich um eine kleinkalibrige Waffe.«

Zito hielt inne, er fügte nichts hinzu. Guarnotta sah ihn verwundert an.

»Ja und?«

»Nun, finden Sie das nicht eine ungewöhnliche Waffe für die Mafia?«

Guarnotta lächelte nachsichtig.

»Die Mafia benutzt alle möglichen Waffen. Sie hat keine Präferenzen. Von der Bazooka bis zur Spitze eines Zahnstochers. Vergessen Sie das nicht.«

Man sah Zitos erstauntes Gesicht. Anscheinend konnte er sich schlecht vorstellen, wie ein Zahnstocher zu einer tödlichen Waffe werden konnte.

Montalbano schaltete den Fernseher aus.

Zu diesen Waffen, mein lieber Guarnotta, dachte er, gehörst auch du, gehören auch Richter, Polizisten und *carrabbinera*, die die Mafia sehen, wenn sie nicht da ist, und sie nicht sehen, wenn sie da ist.

Aber er hatte keine Lust, sich aufzuregen. Er stand auf. Sein Kabeljau wartete.

Er beschloss, früh ins Bett zu gehen, dann konnte er noch ein bisschen lesen. Gerade hatte er sich hingelegt, als das Telefon klingelte.

»Liebling? Hier ist alles geregelt. Ich fliege morgen Nachmittag. Etwa um zwanzig Uhr bin ich in Vigàta.«

»Wenn du mir die genaue Uhrzeit sagst, hole ich dich in

Punta Raisi ab. Ich habe nicht viel zu tun, ich würde gern kommen.«

»Das Problem ist, dass ich im Büro noch einiges zu erledigen habe. Ich weiß nicht, um wie viel Uhr ich fort kann. Mach dir keine Umstände, ich nehme den Bus. Und wenn du dann nach Hause kommst, bin ich schon da.«

»Also gut.«

»Sieh zu, dass du früh kommst, nicht wie sonst immer. Ich habe solche Lust, mit dir zusammen zu sein.«

»Wieso, ich vielleicht nicht?«

Unwillkürlich wanderte sein Blick zum Schrank, auf dem der Pullover lag. Am Morgen musste er ihn vergraben, bevor er ins Kommissariat fuhr. Und wenn Livia ihn fragte, wo ihr Geschenk hingekommen sei? Er würde überrascht tun, und am Ende würde Livia Adelina verdächtigen, die sie nicht ausstehen konnte, was auf Gegenseitigkeit beruhte. Dann holte er, fast ohne es zu merken, einen Stuhl, stellte ihn an den Schrank, kletterte darauf, tastete mit der Hand, bis er den Pullover gefunden hatte, ergriff ihn, stieg vom Stuhl herunter, stellte ihn an seinen Platz zurück, packte den Pullover mit beiden Händen, brachte mit Mühe einen Riss hinein, zerrte mit den Zähnen daran, machte ein, zwei, drei Löcher, bewaffnete sich mit einem Messer, stieß es fünf- oder sechsmal hinein, warf ihn auf den Boden, trampelte auf ihm herum. Ein richtiger Mörder im Blutrausch. Schließlich ließ er ihn auf dem Küchentisch liegen, damit er nicht vergaß, ihn am nächsten Morgen zu vergraben. Und plötzlich fühlte er sich zutiefst lächerlich. Warum hatte er sich von dieser dummen, maßlosen Wut hinreißen lassen? Vielleicht, weil er den Pullover völlig verdrängt hatte und dann so heftig mit der Nase darauf gestoßen worden war? Jetzt, wo er sich abreagiert hatte, fand er sich nicht nur lächerlich, er empfand auch so etwas wie melancholische Gewissensbisse. Arme Livia, sie hatte den Pullover mit so viel Liebe gekauft und ihm geschenkt! Da fiel ihm ein absurder, ein unmöglicher Vergleich ein. Was würde Signorina Mariastella Cosentino wohl mit einem Pullover anstellen, den Gargano ihr geschenkt hätte, der Mann, den sie liebte? Nein, den sie vergötterte. So sehr, dass sie nicht sah oder nicht sehen wollte, dass der Ragioniere nichts weiter war als ein Schuft und Betrüger, der mit dem Geld geflüchtet war und, um es nicht teilen zu müssen, kaltblütig einen Mann getötet hatte. Sie würde es nicht glauben oder es verdrängen. Warum hatte sie keine Reaktion gezeigt, als er den armen Geometra Garzullo beruhigen wollte und einfach behauptet hatte, im Fernsehen habe es geheißen, Gargano sei festgenommen worden? Sie besaß keinen Fernseher, es lag also irgendwie nahe, dass sie Montalbano glaubte. Aber da kam nichts, keine Regung, nicht einmal ein Zucken, ein Seufzer. Ganz ähnlich hatte sie sich auch verhalten, als er ihr mitteilte, man habe

Pellegrinos Leiche gefunden. Sie hätte in Verzweiflung geraten müssen, weil zu vermuten war, dass dem vergötterten Ragioniere das gleiche Schicksal beschieden war. Doch auch diesmal war es fast genauso gewesen. Er hatte mit etwas gesprochen, das einer Statue mit aufgerissenen Augen sehr ähnlich war. Signorina Mariastella Cosentino benahm sich, als ob…

Das Telefon klingelte. War denn das die Möglichkeit, dass man in diesem Haus einfach nicht in Ruhe einschlafen konnte? Spät war es auch, fast eins. Fluchend nahm er den Hörer ab.

»*Pronto?* Wer ist da?«, fragte er mit einer Stimme, die einen Räuber in den Bergen erschreckt hätte.

»Habe ich dich geweckt? Hier ist Nicolò.«

»Nein, ich war noch wach. Gibt's was Neues?«

»Nein, aber ich wollte dir was erzählen, was deine Laune heben wird.«

»Das kann ich gebrauchen.«

»Weißt du, was für eine Theorie Staatsanwalt Tommaseo im Interview mir gegenüber geäußert hat? Dass nicht die Mafia die beiden getötet hat, wie Guarnotta behauptet.«

»Wer war es dann?«

»Tommaseos Meinung nach ein Dritter, ein eifersüchtiger Mann, der sie in flagranti erwischt hat. Was hältst du davon?«

»Sobald ein bisschen Sex ins Spiel kommt, geht Tommaseos Fantasie mit ihm durch. Wann sendest du das?«
»Gar nicht. Als der leitende Staatsanwalt davon erfuhr, rief er mich an. Es war ihm peinlich, dem Ärmsten. Und ich habe ihm mein Wort gegeben, dass ich das Interview nicht sende.«

Montalbano las knapp drei Seiten Simenon, aber so sehr er sich auch anstrengte, mehr ging nicht, er war zu müde. Er löschte das Licht und tauchte gleich in einen ziemlich unangenehmen Traum ein. Er war wieder unter Wasser, neben Garganos Auto, und sah im Wageninneren Giacomos Leiche, die sich wie ein schwereloser Astronaut, fast wie im Tanz bewegte. Dann hörte er einen Stimme von der anderen Seite des Felsens.
»Cucù! Cucù!«
Er wandte sich rasch um und sah Ragioniere Gargano. Auch der war tot, und schon seit langer Zeit, das Gesicht war von grünem Moos überwachsen, Algen schlangen sich um seine Arme und Beine. Die Strömung ließ ihn sich langsam um sich selbst drehen, wie wenn er am Spieß braten würde. Jedesmal, wenn Garganos Gesicht, oder was davon übrig war, zu Montalbano hersah, öffnete es den Mund und sagte:
»Cucù! Cucù!«
Er wachte auf, mit Mühe tauchte er aus dem Traum auf,

schweißgebadet. Er knipste das Licht an. Und hatte das Gefühl, ein zweites Licht, heftig und schnell wie ein Blitz, sei ganz kurz in seinem Kopf explodiert.

Er dachte den von Zitos Anruf unterbrochenen Satz zu Ende: Signorina Mariastella Cosentino benahm sich, als ob sie ganz genau wüsste, wo Ragioniere Gargano sich versteckt hielt.

Fünfzehn

Nach diesem Gedanken konnte er kaum noch schlafen. Er nickte ein und wachte keine halbe Stunde später wieder auf, und sofort war er mit den Gedanken bei Mariastella Cosentino. Von zweien der drei Angestellten der »König Midas« hatte er sich ein konkretes Bild machen können, obwohl er Giacomo, außer als Toten, nie gesehen hatte. Um sieben stand er auf, legte die Videokassette ein, die man ihm bei »Retelibera« zusammengestellt hatte, und sah sie sich aufmerksam an. Mariastella war, anlässlich der Einweihung der Agentur in Vigàta, zweimal zu sehen, und beide Male neben Gargano. Und wie sie ihn bewundernd ansah. Liebe auf den ersten Blick also, die im Lauf der Zeit total, absolut werden sollte. Er musste mit der Frau reden, und er hatte einen guten Vorwand. Da seine Vermutungen nach und nach durch die Fakten bestätigt wurden, wollte er sie fragen, ob es zwischen Gargano und Pellegrino in letzter Zeit Spannungen gegeben habe. Antwortete sie mit Ja, hätte sich auch diese Vermutung, nämlich dass die beiden so getan hatten, als seien sie zerstritten, als richtig erwiesen. Doch er beschloss, dass er mehr über Mariastella wissen musste, bevor er ihr einen Besuch abstattete.

Er kam gegen acht ins Kommissariat und rief gleich Fazio zu sich.

»Ich brauche Informationen über Mariastella Cosentino.«

»O Gesù biniditto!«, sagte Fazio.

»Was bist du so überrascht?«

»Ist doch klar, dass mich das wundert, Dottore! Die sieht aus wie lebendig, dabei ist sie tot! Was wollen Sie wissen?«

»Ob es in der Stadt Gerüchte über sie gibt oder gab. Was sie gemacht hat und wo sie gearbeitet hat, bevor sie von Gargano eingestellt wurde. Und was für Leute ihr Vater und ihre Mutter waren. Wo sie lebt und was sie für Gewohnheiten hat. Wir wissen zum Beispiel, dass sie keinen Fernseher, aber ein Telefon hat.«

»Wie viel Zeit habe ich?«

»Spätestens um elf berichtest du mir.«

»In Ordnung, Dottore, aber dafür müssen Sie mir einen Gefallen tun.«

»Gern, wenn ich kann.«

»Das können Sie ganz bestimmt, Dottore.«

Er ging hinaus und kam mit einem Zentner Papierkram auf den Armen zum Unterschreiben wieder.

Punkt elf klopfte Fazio an die Tür und trat ein. Der Commissario empfing ihn zufrieden: Er hatte immerhin drei Viertel der Akten unterschrieben, und sein Arm war lahm.

»Nimm die Unterlagen und trag sie raus.«

»Auch die, die nicht unterschrieben sind?«

»Auch die.«

Fazio nahm sie, trug sie in sein Büro und kam zurück.

»Ich hab nicht viel erfahren«, sagte er und setzte sich.

Er fischte einen eng beschriebenen Zettel aus der Jackett-Tasche.

»Fazio, eine Bemerkung noch. Ich bitte dich dringend, reiß dich zusammen mit deinem Einwohnermeldeamtskomplex. Sag mir nur das Nötigste, es ist mir scheißegal, wann genau und wo der Vater und die Mutter von Mariastella Cosentino geheiratet haben. In Ordnung?«

»In Ordnung«, sagte Fazio und verzog das Gesicht.

Er las den Zettel zweimal, dann faltete er ihn zusammen und steckte ihn wieder ein.

»Signorina Cosentino ist so alt wie Sie, Dottore. Sie ist im Februar 1950 hier geboren. Einziges Kind. Ihr Vater war Angelo Cosentino, Holzhändler, ein rechtschaffener, geachteter und angesehener Mann. Er gehörte zu einer der ältesten Familien Vigàtas. Als '43 die Amerikaner kamen, setzten sie ihn als Bürgermeister ein. Und Bürgermeister blieb er bis 1955. Dann wollte er keine Politik mehr machen. Die Mutter, Carmela Vasile Cozzo...«

»Was hast du da gesagt?«, fragte Montalbano, der ihm bis dahin nur zerstreut zugehört hatte.

»Vasile Cozzo«, wiederholte Fazio.

Bestand etwa eine Verwandtschaft zu Signora Clementina? Wenn ja, wäre alles einfacher.

»Warte einen Augenblick«, sagte er zu Fazio. »Ich muss telefonieren.«

Signora Clementina zeigte sich glücklich, Montalbanos Stimme zu hören.

»Seit wann haben Sie mich nicht mehr besucht, Sie schlechter Mensch?«

»Sie müssen verzeihen, Signora, aber die Arbeit... Sagen Sie, Signora, sind Sie zufällig mit Carmela Vasile Cozzo verwandt, der Mutter von Signorina Mariastella?«

»Natürlich. Cousinen ersten Grades, unsere Väter waren Brüder. Warum fragen Sie?«

»Signora Clementina, störe ich, wenn ich vorbeikomme?«

»Sie wissen genau, wie sehr es mich freut, Sie zu sehen. Leider kann ich Sie nicht zum Mittagessen einladen, mein Sohn, seine Frau und mein kleiner Enkel sind da. Aber wenn Sie am Nachmittag gegen vier Uhr kommen wollen...«

»Danke. Bis später.«

Er legte auf und sah Fazio nachdenklich an.

»Weißt du was? Ich brauche dich nicht mehr. Erzähl nur noch, ob es Gerüchte über Mariastella gibt.«

»Was soll es denn für Gerüchte geben? Abgesehen davon, dass sie bis über beide Ohren in Gargano verknallt war. Aber es heißt auch, dass nie was Konkretes zwischen ihnen war.«

»In Ordnung, du kannst gehen.«

Fazio ging grummelnd hinaus.

»Um einen ganzen Vormittag hat mich der gute Mann gebracht!«

In der Trattoria »San Calogero« aß er so lustlos, dass sogar der Wirt es merkte.

»Haben wir Sorgen?«

»Schon.«

Er verließ die Trattoria und machte einen Spaziergang auf der Mole bis vor zum Leuchtturm.

Er setzte sich auf seinen gewohnten Felsen und steckte sich eine Zigarette an. Er wollte an nichts denken, er wollte nur dasitzen und das Wasser zwischen den Felsen schwappen hören. Aber Gedanken kommen auch, wenn man alles tut, um sie fernzuhalten. In dem Gedanken, der ihm kam, ging es um den gefällten Olivenbaum. Ja, jetzt blieb ihm nur noch der Felsen als Refugium. Montalbano saß zwar unter freiem Himmel, aber plötzlich hatte er ein merkwürdiges Gefühl von zu wenig Luft, als wäre der Raum für sein Leben plötzlich eingeengt. Und zwar sehr.

Signora Clementina fing an zu erzählen, nachdem sie im Wohnzimmer Espresso getrunken hatten.

»Meine Cousine Carmela war sehr jung, als sie Angelo Cosentino heiratete, der gebildet, freundlich und umgänglich war. Sie bekamen nur ein Kind, Mariastella. Sie war meine Schülerin, sie war sehr eigen.«

»Inwiefern?«

»Sie war so verschlossen, zurückhaltend, fast abweisend. Abgesehen davon war sie auch sehr steif. Sie machte in Montelusa ihr Diplom als Buchhalterin. Sie war erst fünfzehn, als sie ihre Mutter verlor, und das hat sich, glaube ich, sehr negativ auf sie ausgewirkt. Seitdem kümmerte sie sich um den Vater. Sie ging überhaupt nicht mehr aus dem Haus.«

»Ging es ihnen finanziell gut?«

»Sie waren nicht reich, aber arm wohl auch nicht. Fünf Jahre nach Carmelas Tod starb auch Angelo. Da war Mariastella zwanzig Jahre alt, sie war kein Kind mehr. Aber sie benahm sich so.«

»Was tat sie?«

»Nun, als ich erfuhr, dass Angelo gestorben war, besuchte ich Mariastella. Es kamen noch andere Leute, Männer und Frauen. Mariastella ging uns entgegen, gekleidet wie immer, sie hatte auch nicht schwarz getragen, als die Mutter gestorben war. Ich war ihre engste Verwandte und umarmte und tröstete sie. Sie löste sich von mir und sah mich an: ›Wer ist tot?‹, fragte sie. Mir wurde es eiskalt, mein

Freund. Sie wollte nicht glauben, dass ihr Vater tot war. So ging das…«

»… drei Tage lang«, sagte Montalbano.

»Woher wissen Sie das?«, fragte Signora Clementina Vasile Cozzo überrascht.

Der Commissario war noch mehr überrascht.

»Glauben Sie mir, wenn ich sage, dass ich das nicht weiß?«

»Das dauerte also drei Tage. Alle redeten wir ihr zu: der Pfarrer, der Doktor, ich, die Leute vom Bestattungsinstitut. Nichts zu wollen. Die Leiche des armen Angelo lag da auf dem Bett, und Mariastella weigerte sich, sie den Totengräbern zu überlassen. Dann…«

»… als Sie beschlossen hatten, Zwangsmaßnahmen zu ergreifen, lenkte sie ein«, sagte Montalbano.

»Na ja«, meinte Signora Vasile Cozzo. »Wenn Sie die Geschichte schon kennen, wieso soll ich sie Ihnen dann erzählen?«

»Glauben Sie mir, ich kenne sie nicht«, sagte der Commissario, dem das unangenehm war. »Aber es ist, als wäre mir diese Geschichte schon mal erzählt worden. Ich kann mich nur nicht erinnern, wie und wo und warum. Sollen wir ein Experiment machen? Wenn ich Sie jetzt frage: ›Dachten Sie damals, Mariastella sei verrückt?‹, kenne ich Ihre Antwort schon: ›Wir dachten nicht, sie sei verrückt, wir dachten, ihr Verhalten sei nachvollziehbar.‹«

»Stimmt«, sagte Signora Clementina überrascht, »genau das dachten wir. Mit ihrer ganzen Kraft lehnte Mariastella die Realität ab, sie sträubte sich dagegen, Waise zu sein, niemanden zu haben, an den sie sich anlehnen konnte.«

Meine Güte, wie konnte er sogar die Gedanken der Protagonisten in dieser Geschichte kennen? Um 1970 waren er und sein Vater schon seit Jahren nicht mehr in Vigàta, sie hatten keine Verwandten oder Freunde dort, unter anderem studierte er damals in Catania. Er kannte also niemand, der diese Geschichte erlebt und direkt mit ihr zu tun gehabt hatte. Wie also war das zu erklären?

»Und was geschah dann?«, fragte er.

»Ein paar Jahre lang lebte Mariastella von dem Wenigen, was sie von ihrem Vater geerbt hatte. Dann konnte ihr jemand aus der Verwandtschaft eine Stelle in Montelusa vermitteln. Sie arbeitete dort, bis sie fünfundvierzig war. Aber sie hatte zu niemand mehr Kontakt. Und dann kündigte sie. Sie erklärte, wem, das weiß ich jetzt nicht mehr, sie hätte gekündigt, weil sie die Straße fürchtete, die sie jeden Tag nach Montelusa und zurück fahren musste. Der Verkehr hatte stark zugenommen, das machte sie nervös.«

»Aber das sind nicht mal zehn Kilometer.«

»Tja, was soll ich dazu sagen. Und wenn jemand sie darauf hinwies, dass sie von zu Hause in die Stadt auch mit dem Auto fahren musste, antwortete sie, dass sie sich auf dieser Straße sicherer fühle, weil sie sie kenne.«

»Und wie kam es, dass sie wieder eine Stelle annahm? War sie darauf angewiesen?«

»Nein. Während der Zeit, als sie in Montelusa arbeitete, hatte sie etwas auf die hohe Kante legen können. Außerdem glaube ich, dass sie eine bescheidene Rente bekam. Bescheiden, aber ihr genügte sie vollauf. Nein, sie nahm die Stelle an, weil Gargano sie haben wollte.«

Montalbano schnellte wie von der Tarantel gestochen aus dem Sessel hoch. Signora Vasile Cozzo erschrak über die Reaktion des Commissario und legte eine Hand auf ihr Herz.

»Sie kannten sich vorher?!«

»Commissario, beruhigen Sie sich, mich hätte ja fast der Schlag getroffen.«

»Entschuldigen Sie«, sagte Montalbano und setzte sich wieder hin. »Meines Wissens hatte sie sich Gargano vorgestellt.«

»Nein, die Sache ging so. Als Emanuele Gargano das erste Mal nach Vigàta kam, fragte er nach Angelo Cosentino und erklärte, sein Onkel – jener Onkel, der in Mailand lebte und die Vaterrolle übernommen hatte – habe ihm erzählt, dass Angelo ihm in dessen Zeit als Bürgermeister sehr geholfen und ihn sogar vor der Pleite bewahrt habe. Ich selbst kann mich auch erinnern, dass es bis in die Fünfzigerjahre einen Handelsvertreter namens Filippo Gargano gegeben hatte. Die Leute sagten Gargano, dass

Angelo gestorben war und es von der Familie nur noch eine Tochter, Mariastella, gab. Gargano wollte sie unbedingt kennen lernen, er bot ihr eine Stelle an, und sie willigte ein.«

»Warum?«

»Wissen Sie, Commissario, Mariastella hat mir selbst von dieser Stelle erzählt. Da habe ich sie zum letzten Mal gesehen, danach hat sie mich nicht mehr besucht. Seit dem Tod des Vaters hatten wir uns etwa zehnmal getroffen. Die Antwort ist einfach, Commissario: Sie hatte sich naiv und unsterblich in Gargano verliebt. Man merkte es daran, wie sie von ihm sprach. Und meines Wissens hat Mariastella nie einen Freund gehabt. Armes Mädchen, Sie kennen sie ja…«

»Warum?«, wiederholte Montalbano.

Signora Clementina sah ihn verwirrt an.

»Haben Sie mich nicht gehört? Mariastella hatte sich…«

»Nein, ich frage mich, warum ein Schuft wie Gargano sie eingestellt hat. Aus Dankbarkeit? Nie und nimmer, Gargano ist ein Wolf. Er würde sein eigenes Rudel zerfleischen. Er hatte drei Angestellte in Vigàta. Einer – derjenige, der ermordet wurde – war gewieft und sehr kompetent in seinem Job, gab sich jedoch als mehr oder weniger inkompetent aus. Aber Gargano hatte ihn sehr schnell durchschaut. Dann eine bildschöne junge Frau. Und auch in diesem Fall kann man den Grund verstehen. Aber Mariastella?«

»Aus Berechnung«, sagte die Signora. »Aus reiner Berechnung. Zunächst, weil er in den Augen der Stadt damit als ein Mann erschien, der nicht vergessen hatte, wer ihn direkt oder indirekt unterstützt hatte. Und der sich für diese Unterstützung gewissermaßen revanchierte, indem er Mariastella einstellte. War das nicht eine feine Fassade für einen Betrüger? Und für jeden Mann, Betrüger oder nicht, ist es praktisch, eine verliebte Frau bei der Hand zu haben.«

Er glaubte sich zu erinnern, dass die Agentur um halb sechs Uhr schloss. Über dem Gespräch mit Signora Clementina hatte er die Zeit ganz vergessen. Er dankte, verabschiedete sich, versprach, bald wiederzukommen, setzte sich ins Auto und fuhr los. War die Agentur vielleicht doch schon geschlossen? Als er bei der »König Midas« vorfuhr, sah er, dass Mariastella die Eingangstür schon zugemacht hatte und, anscheinend auf der Suche nach dem Schlüssel, in der Handtasche kramte. Fast sofort fand er einen Parkplatz. Er stellte das Auto ab und stieg aus. Und von da an war alles so, wie wenn ein Film in Zeitlupe abgespult wird. Mariastella wollte die Straße überqueren, sie hielt den Kopf gesenkt, sah nicht nach rechts und nicht nach links. Und plötzlich blieb sie stehen, ausgerechnet als ein Auto daherkam. Montalbano hörte es bremsen, sah, wie das Auto die Frau ganz langsam voll erfasste und sie, ebenso extrem langsam, zu Fall brachte. Der Commissario rannte los, und alles kehrte zu seinem normalen Rhythmus zurück.

Der Autofahrer stieg aus und beugte sich über Mariastella, die auf dem Boden lag, sich aber bewegte und aufzustehen versuchte. Leute liefen herbei. Der Fahrer, ein ziemlich eleganter Mann um die sechzig, war zu Tode erschrocken und ganz blass.

»Sie ist einfach stehen geblieben! Ich dachte ...«

»Tut es sehr weh?«, fragte Montalbano Mariastella und half ihr aufzustehen. Und zu den anderen gewandt:

»Gehen Sie weiter! Es ist ja nichts passiert!«

Die Leute, die den Commissario erkannt hatten, entfernten sich. Doch der Fahrer rührte sich nicht vom Fleck.

»Was wollen Sie?«, fragte Montalbano ihn und bückte sich nach der Handtasche.

»Was heißt hier, was wollen Sie? Ich will die Signora ins Krankenhaus bringen!«

»Ich gehe nicht ins Krankenhaus, ich habe mir nichts getan«, sagte Mariastella entschieden und blickte den Commissario hilfesuchend an.

»O nein!«, sagte der Signore. »Es war nicht meine Schuld! Ich verlange einen medizinischen Befund!«

»Wozu denn?«, fragte Montalbano.

»Wenn Gras über die Sache gewachsen ist, könnte es sein, dass diese Signora hier behauptet, sie hätte mehrere Knochenbrüche gehabt, und dann kriege ich Scherereien mit der Versicherung!«

»Wenn Sie nicht innerhalb einer Minute verschwunden sind«, sagte Montalbano, »schlag ich Ihnen die Fresse ein, und dann bringen Sie mir den medizinischen Befund.«

Der Mann sagte keinen Ton, setzte sich ins Auto und fuhr mit quietschenden Reifen los, was er wahrscheinlich noch nie im Leben gemacht hatte, aber diesmal konnte er vor Schreck nicht anders.

»Danke«, sagte Mariastella und gab ihm die Hand. »Auf Wiedersehen.«

»Was haben Sie vor?«

»Ich fahre mit meinem Auto nach Hause.«

»Kommt gar nicht in Frage! In Ihrem Zustand können Sie sich nicht ans Steuer setzen. Merken Sie nicht, wie Sie zittern?«

»Ja, aber das ist normal. Es ist bald vorbei.«

»Hören Sie zu, ich habe Ihnen geholfen, dass Sie nicht ins Krankenhaus müssen. Aber jetzt müssen Sie tun, was ich sage. Ich bringe Sie mit meinem Wagen nach Hause.«

»Ja, aber wie komme ich dann morgen früh ins Büro?«

»Ich verspreche Ihnen, dass jemand von meinen Leuten Ihnen Ihr Auto bis heute Abend vor die Haustür stellen wird. Geben Sie mir jetzt gleich den Schlüssel, dann vergessen wir es nicht. Es ist der gelbe Cinquecento, nicht wahr?«

Mariastella Cosentino holte den Schlüssel aus der Handtasche und gab ihn dem Commissario. Sie gingen zu Montalbanos Auto, Mariastella schleppte das linke Bein etwas nach und zog auf derselben Seite die Schulter hoch, eine Haltung, die ihr vielleicht weniger Schmerzen bereitete.

»Wollen Sie sich einhängen?«

»Nein, danke.«

Höflich und bestimmt. Sie am Arm des Commissario – was sollten denn die Leute denken, wenn sie sie so innig mit einem Mann sahen?

Montalbano hielt ihr die Autotür auf, und sie stieg langsam und vorsichtig ein.

Anscheinend hatte es sie bös erwischt.

Frage: Was wäre die Pflicht von Commissario Montalbano gewesen?

Antwort: das Unfallopfer ins Krankenhaus zu bringen.

Frage: Warum tat er es dann nicht?

Antwort: Weil Dottor Salvo Montalbano, eine als Kriminalpolizist verkleidete Schlange, von diesem Zustand der Verwirrung bei Signorina Mariastella Cosentino profitieren wollte, um ihre Abwehr aufzuweichen und alles über sie und ihr Verhältnis zu dem Betrüger und Mörder Emanuele Gargano zu erfahren.

»Was tut denn weh?«, fragte Montalbano und ließ den Motor an.

»Die eine Seite und die Schulter. Aber das kommt von dem Sturz.«

Sie wollte sagen, dass das Auto ihr nur einen heftigen Stoß versetzt und sie damit zu Fall gebracht hatte. Der schlimme Sturz auf das Straßenpflaster hatte ihr Schaden zugefügt, aber keinen schweren – wenn sie am folgenden Morgen aufwachte, würden die Seite und die Schulter hübsch grünlich blau sein.

»Sagen Sie mir, wie ich fahren muss.«

Mariastella führte ihn aus Vigàta hinaus, auf einer Straße, an der rechts und links keine Häuser, sondern vereinzelt wenige alte Villen standen, von denen manche verlassen waren. Der Commissario war noch nie dort gewesen, da war er sicher, denn er staunte über eine Gegend, die vor der Zeit der Bauspekulation und wilden Zubetonierung stehen geblieben schien. Mariastella war das Staunen des Commissario nicht entgangen.

»Die Villen, die Sie hier sehen, wurden alle in der zweiten Hälfte des neunzehnten Jahrhunderts gebaut. Es waren die Landhäuser reicher Bürger aus Vigàta. Wir haben Milliardenangebote abgelehnt. Meines ist das dort.«

Montalbano hob den Blick nicht von der Straße, aber er wusste, *es war ein großes, fast quadratisches Holzhaus, das, ehemals weiß, mit Kuppeln und Spitztürmchen und verschnörkelten Balkonen im überladen eleganten Stil der Siebzigerjahre verziert war …*

Schließlich hob er den Blick, sah es an, es war so, wie er es sich vorgestellt hatte, nein, das Haus deckte sich sogar vollkommen, wie ein Abziehbild, mit der Vorstellung, die ihm eingeredet worden war. Aber eingeredet von wem? Konnte es sein, dass er dieses Haus schon einmal gesehen hatte? Nein, bestimmt nicht.

»Wann wurde es gebaut?«, fragte er und fürchtete sich vor der Antwort.

»1870«, sagte Mariastella.

Sechzehn

»Im oberen Stock war ich schon seit Jahren nicht mehr«, sagte Mariastella, während sie das massive Portal öffnete. »Ich habe mich im Erdgeschoss eingerichtet.«

Der Commissario bemerkte die massiven Gitter vor den Fenstern. Im Obergeschoss waren die Fenster mit Läden verschlossen, die Farbe war längst undefinierbar, und viele Leisten fehlten. Der Verputz war stellenweise abgebröckelt.

Mariastella wandte sich um.

»Wenn Sie einen Augenblick hereinkommen wollen …«

Die Worte waren eine Einladung, aber die Augen der Frau sagten genau das Gegenteil, sie sagten:

Um Himmels willen, verschwinde, lass mich allein, lass mich in Ruhe.

»Gern«, sagte Montalbano.

Und trat ein. Sie gingen durch eine schmucklose, große dunkle Diele, von der *eine Treppe zu noch dunkleren Schatten emporführte. Es roch nach Staub und unbenutzten Räumen – ein dumpfiger, modriger Geruch.* Mariastella führte ihn *in einen Salon mit schweren Ledermöbeln.* Diese Art Alptraum, der ihm schon zugesetzt hatte, als er die Erzählung von Signora Clementina hörte, wurde jetzt immer beklemmender. In seinem Kopf sagte eine unbekannte Stimme: »Jetzt such das Bild.« Er gehorchte. Er blickte ringsum und sah es neben einem Regal stehen, *ein Pastellbildnis auf einer schwarz angelaufenen, vergoldeten Staffelei,* ein alter Mann mit Schnurrbart.

»Ist das Ihr Vater?«, fragte er, und die Anwort wusste und fürchtete er zugleich.

»Ja«, sagte Mariastella.

Da begriff Montalbano, dass er nicht mehr zurückkonnte, dass er noch weiter in diese unerklärliche dunkle Zone vordringen musste, die zwischen der Wirklichkeit und dem lag, was sein eigener Kopf ihm einredete, eine Wirklichkeit, die entstand, während er sie dachte. Er spürte, dass er plötzlich Fieber hatte, es stieg von Minute zu Minute. Was geschah da mit ihm? Er glaubte nicht an Hexerei, aber in diesem Augenblick brauchte er viel Vertrauen in die eigene Vernunft, um nicht daran zu glauben, um mit beiden Beinen fest auf dem Boden zu bleiben. Er merkte, dass er schwitzte.

Es war ihm schon passiert, wenn auch selten, dass er einen Ort zum ersten Mal sah und das Gefühl hatte, schon dort gewesen zu sein, oder dass er Situationen wieder erlebte, die er vorher erlebt hatte. Aber jetzt handelte es sich um etwas vollkommen anderes. Die Worte, die ihm in den Sinn kamen, hatte niemand zu ihm gesagt, niemand hatte sie ihm erzählt, keine Stimme hatte sie ausgesprochen. Nein, jetzt war er überzeugt, dass er sie gelesen hatte. Und diese geschriebenen Worte hatten ihn so sehr beeindruckt oder vielleicht verstört, dass sie sich in sein Gedächtnis eingeprägt hatten. Er hatte sie vergessen, doch jetzt meldeten sie sich mit Gewalt zurück. Und plötzlich begriff er. Er begriff und versank in eine Art Angst, die er nie im Leben gefühlt hatte und von der er nie gedacht hätte, dass man sie fühlen könnte. Er hatte begriffen, dass er in einer Erzählung lebte. Er war in eine Erzählung von Faulkner hineinversetzt worden, die er Jahre zuvor gelesen hatte. Wie war das möglich? Aber jetzt war nicht der Augenblick für Erklärungen. Die einzige Möglichkeit war, diese Erzählung weiterzulesen und weiterzuleben, zu dem schrecklichen Ende zu kommen, das er bereits kannte. Etwas anderes konnte er nicht tun. Er stand auf.

»Ich will, dass Sie mir Ihr Haus zeigen.«

Mariastella sah ihn überrascht und auch ein bisschen verärgert an, weil er so grob Gehorsam von ihr verlangte. Aber sie hatte nicht den Mut, Nein zu sagen.

»Gut«, sagte sie und erhob sich mühselig.

Sicher machte sich der eigentliche Schmerz von dem Sturz allmählich bemerkbar. Als sie Montalbano auf einem langen Flur vorausging, zog sie eine Schulter viel höher als die andere und hielt den Arm mit einer Hand fest. Sie öffnete die erste Tür links.

»Das ist die Küche.«

Sehr groß, geräumig, aber selten benutzt. An einer Wand hingen große und kleine Kupfertöpfe, fast weiß von dem Staub, der sich auf ihnen abgelagert hatte. Sie öffnete die Tür gegenüber.

»Das ist das Esszimmer.«

Dunkle, massive Möbel aus Nussbaum. Es war in den letzten dreißig Jahren wahrscheinlich nur ein-, höchstens zweimal benutzt worden. Die Tür wurde wieder geschlossen. Sie gingen ein paar Schritte weiter.

»Da links ist das Bad«, sagte Mariastella.

Aber sie öffnete es nicht. Sie ging noch drei Schritte weiter und blieb dann vor einer verschlossenen Tür stehen.

»Hier ist mein Schlafzimmer. Aber es ist nicht aufgeräumt.«

Sie wandte sich zu der Tür gegenüber.

»Das ist das Gastzimmer.«

Sie öffnete die Tür, streckte den Arm aus, schaltete das Licht ein und trat auf die Seite, um den Commissario vorzulassen. *Ein dünner, ätzender Grabeshauch schien gleich einem Leichentuch über dem ganzen Zimmer zu liegen…* Und Montalbano sah sofort, was zu sehen er schon erwartete. *Auf einem Stuhl hing, sorgsam gefaltet, der Anzug; darunter standen die beiden stummen Schuhe und die abgestreiften Socken.*

Der Mann aber lag im Bett, das braun war von geronnenem Blut; er war sorgfältig in Plastikfolie eingewickelt und noch sorgfältiger mit Klebeband verpackt. Emanuele Gargano.

»Sonst gibt es nichts zu sehen«, sagte Mariastella Cosentino, während sie das Licht im Gastzimmer löschte und die Tür wieder schloss. Mit ihrem vollends schiefen Gang schleppte sie sich durch den Flur zurück zum Salon, während Montalbano dastand, vor der geschlossenen Tür, unfähig, sich zu rühren, einen Schritt zu tun. Mariastella hatte den Toten nicht gesehen. Für sie existierte er nicht, lag nicht auf diesem blutverschmierten Bett, sie hatte ihn vollkommen verdrängt. Wie so viele Jahre zuvor ihren Vater. Der Commissario spürte in seinem Kopf ein Sturmbrausen, er trieb in den Wirbel, vermochte keinen Satz festzuhalten, keine zwei Wörter, die, hintereinander gesetzt, einen vollendeten Sinn ergaben. Dann hörte er ein Wimmern, eine Art Winseln wie von einem verletzten Tier. Es gelang ihm, einen Schritt zu tun, sich mit einem beinah schmerzhaften Ruck aus der Lähmung zu lösen, und er lief schnell in den Salon. Mariastella saß in einem Sessel, sie war blass geworden, mit einer Hand hielt sie sich die Schulter, ihre Lippen zitterten.

»O Gott, jetzt habe ich solche Schmerzen!«

»Ich hole einen Arzt«, sagte der Commissario und klammerte sich an diesen Augenblick von Normalität.

»Rufen Sie Dottor La Spina an«, sagte Mariastella.

Der Commissario kannte ihn, La Spina war Anfang sechzig und praktizierte nicht mehr, nur Freunde behandelte er. Montalbano lief in die Diele, das Telefonbuch lag neben dem Telefon. Er hörte Mariastella immerzu wimmern.

»Dottor La Spina? Hier ist Montalbano. Kennen Sie Signorina Mariastella Cosentino?«

»Natürlich, sie ist meine Patientin. Was ist passiert?«

»Sie wurde angefahren. Eine Schulter tut ihr sehr weh.«

»Ich komme sofort.«

Und da fiel ihm die Lösung ein, nach der er krampfhaft gesucht hatte. Er senkte die Stimme und hoffte, dass der Arzt nicht taub war.

»Hören Sie zu, Dottore. Ich bitte Sie um etwas, auf meine Verantwortung. Signorina Mariastella, und stellen Sie mir jetzt keine Fragen, muss ein paar Stunden lang tief schlafen.«

Er legte auf und atmete drei- oder viermal tief durch.

»Er kommt gleich«, sagte er, als er wieder in den Salon ging und dabei so normal wie möglich auszusehen versuchte. »Tut es so weh?«

»Ja.«

Als er die Geschichte später erzählte, konnte sich der Commissario nicht erinnern, was sie sonst noch gesprochen hatten. Vielleicht hatten sie geschwiegen. Als er ein Auto kommen hörte, stand Montalbano auf und öffnete die Haustür.

»Ich bitte Sie, Dottore, behandeln Sie sie, tun Sie, was Sie für richtig halten, aber versetzen Sie sie vor allem in Tiefschlaf. Im Interesse der Signorina.«
Der Dottore blickte ihm lange in die Augen und fragte am Ende nichts.
Montalbano blieb draußen, er steckte sich eine Zigarette an, ging vor dem Haus auf und ab. Es dämmerte. Er musste an Professore Tommasino denken. Wonach roch die Nacht? Er atmete tief ein. Sie roch nach fauligem Obst, nach Dingen, die sich zersetzten.

Der Dottore kam eine halbe Stunde später aus dem Haus.
»Sie hat sich nichts gebrochen, zwei böse Quetschungen, eine an der Schulter, die ich verbunden habe, und eine an der Hüfte. Ich habe sie überredet, sich ins Bett zu legen, und das getan, was Sie wollten, sie schläft schon, es wird ein paar Stunden anhalten.«
»Danke, Dottor La Spina. Und für Ihre Bemühungen möchte ich…«
»Schon gut, ich behandle Mariastella seit ihren Kindertagen. Aber ich möchte sie nicht allein lassen, ich würde gern eine Krankenschwester rufen.«
»Ich bleibe hier, machen Sie sich keine Sorgen.«
Sie verabschiedeten sich voneinander. Der Commissario wartete, bis das Auto verschwunden war, ging ins Haus und schloss die Tür ab. Jetzt kam das schwierigste Kapitel,

er musste aus freien Stücken in den Alptraum der Erzählung zurückkehren, selbst wieder zu einer Figur darin werden. Er blickte in Mariastellas Schlafzimmer, sie schlief in ihrem Bett, *Grabeshauch... über den Bettvorhängen in verblichenem Rosenrot, über den rosig abgeschirmten Lämpchen, auf dem Frisiertisch, auf dem elegant angeordneten Kristall und den Toilettengegenständen...* Aber es war kein unbeschwerter Schlaf, ihre langen eisengrauen Haare schienen auf dem Kissen immerzu in Bewegung. Schließlich öffnete er die andere Tür, schaltete den Kronleuchter an und betrat das Zimmer. Das Paket auf dem Bett schimmerte von den Lichtreflexen auf der Plastikfolie. Er trat näher und beugte sich darüber. Emanuele Garganos Unterhemd war auf Höhe des Herzens versengt, die Eintrittsöffnung war deutlich zu sehen. Er hatte nicht Selbstmord begangen, die Pistole lag ordentlich auf dem anderen Nachtkästchen. Mariastella hatte ihn im Schlaf getötet. Auf dem Nachtkästchen neben dem Toten lagen eine Brieftasche und eine Rolex. Am Boden befand sich, neben dem Bett, ein geöffneter Aktenkoffer mit Computerdisketten und Unterlagen. Pellegrinos Aktenkoffer.

Jetzt musste er wirklich zum Ende der Erzählung kommen. Sah man *auf dem zweiten Kissen den Abdruck eines Kopfes*? Lag auf dem zweiten Kissen *ein langes eisengraues Haar*? Er zwang sich hinzusehen. Auf dem zweiten Kissen war kein Abdruck, kein eisengraues Haar.

Erleichtert atmete er auf. Wenigstens das war ihm erspart geblieben. Er löschte das Licht, ging hinaus, schloss die Tür, kehrte in Mariastellas Schlafzimmer zurück, holte einen Stuhl und setzte sich neben sie. Jemand hatte ihm einmal gesagt, künstlich herbeigeführter Schlaf sei traumlos. Warum lag dieser arme Körper dann immer wieder quer und zuckte heftig wie unter einem starken Stromschlag? Und derselbe Jemand hatte ihm erklärt, im Schlaf könne man nicht wirklich weinen. Warum quollen dann große Tränen unter den Augenlidern der Frau hervor? Was wusste man schon, was wussten auch Wissenschaftler, was im geheimnisvollen, unergründlichen, unerzählbaren Land des Schlafes geschehen konnte. Er nahm ihre Hand in seine Hände. Sie glühte. Er hatte Gargano überschätzt, der war nur ein Betrüger, den Mord an Giacomo hatte er nicht ertragen. Er hatte das Auto ins Meer gestürzt, den Aktenkoffer an sich genommen und daraufhin eiligst an Mariastellas Tür geklopft, er wusste, dass die Frau niemals geredet, ihn niemals verraten hätte. Und Mariastella hatte ihn empfangen, getröstet, ihm Unterschlupf gewährt. Dann hatte sie dafür gesorgt, dass er schlief, und ihn erschossen. Aus Eifersucht? Eine wahnsinnige Reaktion, als sie von der Beziehung ihres Emanuele mit Giacomo erfuhr? Nein, das hätte Mariastella nie getan. Und da begriff er: Sie hatte ihn aus Liebe getötet, um ihn, den einzigen Menschen, den sie in ihrem Leben wirklich geliebt hatte, vor der Verachtung, der Schande, dem Gefängnis zu bewahren. Es konnte keine andere Erklärung geben. Montalbanos dunkelste (oder klarste) Seite suggerierte ihm eine einfache Lösung: das Paket zu nehmen, es in den Kofferraum seines Wagens zu laden, an dieselbe Stelle zu fahren, an der Giacomo ermordet wurde, und es ins Meer zu werfen. Niemand wäre darauf gekommen, dass Mariastella Cosentino in die Geschichte verwickelt war. Und er hätte sich über Guarnottas Gesicht amüsiert, wenn dieser Garganos Leiche sorgfältig in Plastik eingewickelt gesehen hätte: Warum hat ihn die Mafia denn eingepackt?, hätte er sich entgeistert gefragt.

Aber er war Polizist.

Er stand auf, mittlerweile war es acht Uhr, und ging zum Telefon, vielleicht war Guarnotta noch im Büro.

»*Pronto,* Guarnotta? Hier ist Montalbano.«

Der Commissario erklärte ihm, was er zu tun hatte. Dann kehrte er in Mariastellas Schlafzimmer zurück, wischte ihr mit dem Zipfel des Leintuchs den Schweiß von der Stirn, setzte sich hin und nahm wieder ihre Hand.

Dann, nach wie viel Zeit, wusste er nicht, hörte er mehrere Autos vorfahren. Er öffnete die Haustür und ging Guarnotta entgegen.

»Hast du einen Krankenwagen und eine Schwester gerufen?«

»Sind unterwegs.«

»Da ist ein Aktenkoffer, der ist wichtig. Vielleicht kannst du das gestohlene Geld wiederbeschaffen.«

Auf der Fahrt nach Marinella musste er zweimal stehen bleiben. Er konnte nicht mehr fahren, er war erschöpft, und nicht nur körperlich. Beim zweiten Mal hielt er an und stieg aus. Längst war es richtig Nacht geworden. Er atmete tief durch. Und da merkte er, dass die Nacht jetzt anders roch: Es war ein leichter, frischer Geruch, es war der Geruch von jungem Gras, Zitronellgras, Waldbergminze. Sehr müde, aber getröstet fuhr er weiter. Er betrat sein Haus und blieb wie angewurzelt stehen. Livia stand mitten im Zimmer, mit grimmigem Gesicht, die Augen glitzernd vor Wut. Mit beiden Händen hielt sie den Pullover in die Höhe, den er vergessen hatte zu vergraben. Montalbano öffnete den Mund, aber es kam kein Ton heraus. Da sanken Livias Arme langsam herab, und ihr Gesicht veränderte sich.

»O Gott, Salvo, was hast du? Was ist denn passiert?«

Sie warf den Pullover auf den Boden, lief zu ihm und umarmte ihn.

»Was ist passiert, Liebling? Was hast du?«

Sie drückte ihn an sich, verzweifelt und erschrocken.

Noch war Montalbano nicht imstande, zu sprechen oder die Umarmung zu erwidern. Er hatte einen einzigen klaren, festen Gedanken:

Gott sei Dank ist sie da.

Anmerkung des Autors

Die Idee, Montalbano Ermittlungen (ziemlich merkwürdiger Art, fast ein Spiel der Phantasie) über einen »Finanzmagier« anstellen zu lassen, kam mir bei der Lektüre eines Artikels von Francesco (»Ciccio« für die Freunde) La Licata mit der Überschrift »Multinationale Mafia«, in dem es um die Geschichte von Giovanni Sucato (eben dem »Magier«) ging, dem es »gelang, mit einer Art milliardenschwerem Kettenbrief ein Imperium aufzubauen. Dann flog er mit dem Auto in die Luft«. Meine Geschichte ist viel bescheidener und, besonders zum Ende hin, ganz anders. Anders war vor allem meine Intention beim Erzählen. Und hier spielt die Mafia überhaupt keine Rolle, obwohl eine der Figuren, Dottor Guarnotta, davon überzeugt ist. Wie immer muss ich erklären, dass Namen und Situationen erfunden sind und keinen Bezug zur Wirklichkeit haben. Jegliche Übereinstimmung ist also usw. usw. Die Erzählung von William Faulkner, in die Montalbano hineingerät, heißt *Eine Rose für Emily*.

Im Text erwähnte kulinarische Köstlichkeiten

Biscotti regina: Sesamkekse

Caciocavallo: Käse aus Kuh- oder Büffelmilch

Capocotte, sosizze: Wurstsorten aus Schweinefleisch

Cannoli: Mit einer süßen Creme aus Schafsricotta gefüllte Röllchen

Mustazzoli: Honiggebäck

Nunnatu: Winzige Sardinen

Pasta 'ncasciata: Makkaroniauflauf mit Auberginen

Patati cunsati: Kartoffelgericht mit Zwiebeln, Kapern, Oliven

Pirciati ch'abbruscianu: Kurze Pasta mit einer sehr scharfen Sauce

Spaghetti al nìvuro di siccia: Spaghetti mit Sepiatinte

Tumazzo: Junger Käse

Vier Schwestern und ein Todesfall auf einem Bauernhof im Périgord

Julie Dubois
KALTE BLÜTEN
Périgord-Krimi

384 Seiten
ISBN 978-3-7857-2785-0

Es ist Frühling im beschaulichen Saint-André-du-Périgord, die Natur ringsum ein Blütenparadies. Kürzlich hat Kommissarin Marie Mercier die Leitung des Kommissariats der Region übernommen, als sie eines Tages die Nachricht von einem rätselhaften Fund erhält: Bei Ausgrabungen für den Bau einer Ölmühle wurde ein menschlicher Schädel freigelegt. Das Gelände gehört zum Hof der vier Barthes-Schwestern, die der Kommissarin zunächst mit schroffer Zurückhaltung begegnen. Dafür gibt es gute Gründe, wie Marie bald herausfindet. Ist einer davon der geheimnisvolle Charmeur Romain Dubosc, der mit seinem besonderen Geschäftsmodell große Pläne für die Gegend hat?

Lübbe

Verschneite Berglandschaften. Der Geschmack von Kastanienherzen. Und ein verschwundener Polizeichef

Gianna Milani
COMMISSARIO TASSO STOCHERT IM NEBEL
Kriminalroman

336 Seiten
ISBN 978-3-7857-2816-1

Als der Bozener Polizeichef Bruno Visconti im Januar 1963 nicht zum Dienst antritt, ahnt sein Freund und Kollege Commissario Tasso Schlimmes. Bei der Untersuchung von Viscontis Wohnung am Obstplatz in Bozen findet Tasso Hinweise auf eine Entführung. Aber wer hätte seinen Chef entführen sollen? Südtiroler Separatisten? Neo–Faschisten? Ein ausländischer Geheimdienst? Bald schon stellt Tasso fest, dass die Gründe für dieses Verbrechen weiter zurückreichen, als er sich hätte vorstellen können. Und zu allem Unglück ist er erneut auf die Hilfe von Mara Oberhöller angewiesen. Dabei hatte er sich geschworen, die junge Frau nie wieder auf einen Außeneinsatz mitzunehmen …

Lübbe

Lesejury